Great Spanish Stories

Margaret Jull Costa has translated the works of many Spanish and
Portuguese writers, among them novelists such as Javier Marías,
José Saramago and Eça de Queiroz, and poets such as Sophia de
Mello Breyner Andresen, Mário de Sá-Carneiro, Fernando Pessoa
and Ana Luísa Amaral. Her work has brought her numerous prizes,
among them the 2018 Premio Valle-Inclán for *On the Edge* by Rafael
Chirbes. In 2013, she was appointed a Fellow of the Royal Society
of Literature, and in 2014 she was awarded an OBE for services to
literature.

T0322256

Great Spanish Stories

Ten Parallel Texts

Edited by Margaret Jull Costa

PENGUIN BOOKS

PENGUIN CLASSICS

UK | USA | Canada | Ireland | Australia
India | New Zealand | South Africa

Penguin Books is part of the Penguin Random House group of companies
whose addresses can be found at global.penguinrandomhouse.com

Penguin
Random House
UK

First published 2024

004

English texts first published in Penguin Classics in *The Penguin Book of Spanish Short
Stories* 2021

The acknowledgements on pp. 185–6 constitute an extension of this copyright page

The moral right of the editor and of the translators has been asserted

Set in 11.25/14pt Dante MT Std
Typeset by Jouve (UK), Milton Keynes
Printed and bound in Great Britain by Clays Ltd, Elcograf S.p.A.

The authorized representative in the EEA is Penguin Random House Ireland,
Morrison Chambers, 32 Nassau Street, Dublin D02 YH68

A CIP catalogue record for this book is available from the British Library

ISBN: 978–0–241–66219–9

www.greenpenguin.co.uk

Great Spanish Stories

Contenido

Contents

Contents

Esta edición

Una antología, en términos etimológicos, es una selección o un surtido de flores, y en *The Penguin Book of Spanish Stories* mi objetivo era hacer una selección de flores realmente notables, historias que datan desde el siglo XIX hasta nuestros días, incluyendo escritores de las cuatro lenguas españolas: euskara, castellano, català y galego. Elegir fue simultáneamente una delicia y un tormento, una delicia porque implicaba leer tantas historias maravillosas, la mayoría de las cuales eran completamente nuevas para mí, y un tormento porque sólo podía elegir algunas. Las diez historias en esta edición de texto paralelo representan una muestra de las historias que surgieron de ese proceso. Con el fin de mantener la amplitud de la cultura lingüística española, y al mismo tiempo hacer una antología accesible a estudiantes de idiomas, las obras escritas originalmente en euskara, català y galego se han traducido al castellano. Espero que esta selección resulte ser una experiencia enriquecedora para los amantes de la lengua y la cultura españolas.

Editor's Note

An anthology, etymologically speaking, is a gathering or collection of flowers, and in *The Penguin Book of Spanish Stories* my aim was to gather together a collection of really fine flowers, stories dating from the nineteenth century to the present day, including writers from across all of Spain's four languages – Basque (*euskara*), Castilian Spanish (*castellano*), Catalan (*català*) and Galician (*galego*). Choosing what to include was both a delight and a torment, a delight because it involved reading so many wonderful stories, most of which were entirely new to me, and a torment because choosing meant having to pick only some and not others. The ten stories selected for this parallel-text edition represent a cross-section of the stories that emerged from that process. In order to maintain the breadth of Spanish linguistic culture, whilst ensuring accessibility for aspiring language learners, works originally written in Basque, Catalan and Galician have been rendered in Castillian. I hope this selection will prove to be an enriching reading experience for lovers of Spanish language and culture.

Great Spanish Stories

KARMELE JAIO

El grito

Escribo por las noches. Cuando mi marido y mis hijos duermen, enciendo el ordenador portátil en el salón, en un rincón donde he montado una especie de escritorio – los metros de mi piso no dan para una habitación propia – y allí escribo. Pero antes de ponerme a escribir también estoy escribiendo, porque en las horas anteriores a que se acueste mi familia, mi mente ya está pensando en lo que voy a escribir por la noche. Y así, escribiendo sin escribir, he tomado muchas decisiones estratégicas para mis obras. Hace dos años, por ejemplo, me encontraba de rodillas junto a la bañera jabonando las cabezas de mis hijos cuando di con la clave de mi siguiente novela – el protagonista tendría una pasión oculta, la pintura, que cambiaría su vida – y en más de una ocasión he decidido si matar o no a algún personaje mientras preparaba la cena. Puedo decir que hay vidas en juego mientras bato huevos.

No vivo de escribir. Trabajo en la biblioteca del Museo de Bellas Artes. No es casualidad que en mi última novela la pasión por la pintura haya tomado protagonismo, la vida de un escritor se cuela en sus ficciones como una lagartija entre las piedras. No puedo decir que tenga un mal trabajo, no está mal pasar el día rodeada de libros de arte, sobre todo si amas la pintura, pero pasaría a gusto las ocho horas de mi jornada escribiendo, en lugar de tener que hacerlo por las noches.

Esta ha sido mi rutina hasta el momento, pero ha ocurrido

The Scream

I write at night. After my husband and children have gone to bed, I turn on my laptop in a corner of the living room that I've made into a kind of study – our apartment doesn't have a spare room – and that's where I write. But really I've been writing before I actually start writing, because even before my family goes to bed I'm already thinking about what I'm going to write that night. It's during that writing-but-not-writing phase that I've taken many strategic decisions about my works. Two years ago, for instance, I found myself kneeling by the bath washing my boys' hair when the key to my next novel came to me – the protagonist would have a hidden passion, painting, that would change his life – and I've often decided whether or not to kill off a character while I was preparing supper. It's no exaggeration to say that lives often hang in the balance while I'm beating the eggs.

I don't make a living from writing. I work in the library at the Museum of Fine Art. So it's hardly surprising that painting is a major feature in my latest novel, a writer's life slips into her creations like a lizard between rocks. It's not a bad job really, spending your days surrounded by art books is perfectly pleasant, especially if you love painting, but it would be great to be able to spend eight hours a day writing instead of having to do it at night.

Or at least that *was* my routine until recently, but something

algo en el último año que ha trastocado totalmente mi manera de crear, algo que me ha puesto difícil quedarme a solas por la noche en el salón para poder escribir.

Mi marido es un gran aficionado al fútbol. Bueno, no. Más que aficionado es creyente. Es un apasionado de su equipo, el Athletic de Bilbao, pero su pasión no se limita a un escudo o a los colores de una camiseta, porque vive y ama el fútbol en general, el fútbol en mayúsculas. Le gusta el fútbol como a quien le gusta la pintura, que puede ser un gran admirador de Monet, pero ello no le impide disfrutar con las pinturas de Cézanne, Zuloaga, Gal, Zumeta o Kahlo.

Pues eso le ocurre a mi marido. No pestañea viendo los partidos del Barcelona o del Bayern de Munich, pero también es capaz de alimentar su pasión viendo un partido del Eibar o del Lemoa; disfruta con los goles, los pases y los lanzamientos de falta de las estrellas del Real Madrid, Manchester United y Chelsea, pero también con un contraataque del Alavés o una parada del portero del Bermeo Fútbol Club, el equipo del pueblo de sus padres. Y qué decir de las selecciones nacionales. Cuando suenan los himnos y los jugadores se alinean y miran al infinito, le crece el cuello, como si fuese uno de ellos. En los Mundiales, sobra decirlo, me quedo sin marido.

Lo que nunca pensé es que el fútbol fuera a convertirse en culpable de la transformación de mi manera de escribir, aunque más que el propio deporte, los culpables han sido quienes han decidido que los partidos se pueden programar también los días de labor y en horario de noche. Desde que los partidos se juegan a la hora de irse a dormir, ya no me quedo sola en el salón por las noches. Ahora comparto mi reino nocturno con mi marido. Y no es lo mismo.

Durante un tiempo, he sido incapaz de escribir una sola línea, e incluso he deseado que llegara la mañana siguiente para volver al trabajo. Por lo menos allí puedo alimentar mi alma con los

happened this last year that turned my creative process upside down, making it hard for me to spend my nights writing alone in the living room.

My husband is a big football fan. No, wait, he's more devotee than fan. He's a passionate follower of his team, Athletic Bilbao, but that passion isn't limited to a particular club crest or the colours of a jersey; he lives and breathes football. Football with a capital 'F'. He loves football the way someone else might love painting, and whose admiration for, say, Monet doesn't stop him enjoying the work of Cézanne, Zuloaga, Gal, Zumeta or Kahlo.

It's the same with my husband. He's transfixed by games featuring Barcelona or Bayern Munich, but he's just as happy watching Eibar or Lemoa; he enjoys goals, passes and free kicks by star players at Real Madrid, Manchester United and Chelsea, but he can also appreciate a counter-attack by Alavés or a save by his home team Bermeo FC's goalkeeper. And then there are international matches. When the anthems start, and the players are lined up in a row staring into space, his back straightens as though he were standing along with them. Needless to say, during World Cups, I'm a football widow.

But I never imagined football would change the way I write. Although, to be more accurate, it wasn't the sport itself, but whoever decided that matches could be played on weekday nights. Now they've started showing matches at bedtime, I no longer have the living room to myself. Now I have to share my night-time realm with my husband. And it's just not the same.

For a while, I couldn't write a single line, and I even started to long for the next day to come so that I could get back to work. At least there I can nourish my soul with art books.

libros de arte. Así, durante un tiempo me he dedicado a buscar escritos de pintores sobre sus obras, quizá con la intención de encontrar una pista para entender qué buscaba yo en la literatura, o un aliciente que me animara a seguir. Recuerdo haber leído a Edvard Munch contar que la inspiración para pintar la conocida obra 'El grito' le llegó mientras presenciaba una puesta de sol en la que las nubes se pusieron tan rojas como la sangre. *Los colores gritaban*, escribió el pintor, recordando aquel momento. *Los colores gritaban*, leí en uno de aquellos libros.

Nuestro salón es grande, y el rincón en el que escribo está un poco apartado, de espaldas al televisor. Mi marido se pone los cascos, para no molestarme.

– Tú a lo tuyo, como si no estuviera – me dice, mientras se prepara ansioso para ver el partido de turno.

Pero no se da cuenta de que oigo sus:

– Uyy . . .

Oigo sus:

– Ayy . . .

Oigo:

– No hombre, no . . . Cómo va a ser eso falta . . .

Estoy convencida de que no se da cuenta. Sé que intenta no hacer ruido y que se muerde la lengua cuando marcan, no grita nunca gol. Pero es igual, porque cuando meten gol lo noto. De repente, tras de mí siento una especie de hipo, un grito contenido que mueve unos milímetros los cuadros de la pared, y un suspiro que se alarga. Y miro hacia atrás y veo a mi marido más estirado de lo normal: las piernas rectas, los ojos bien abiertos y los dedos separados unos de otros, como si con las manos sujetara dos lámparas de araña. Aunque no abra la boca, su cuerpo grita gol sin que él se dé cuenta.

Desde que escribo mientras mi marido ve el fútbol, he pensado muchas veces que si consiguiera emocionar a alguien

Recently, I've been looking for texts by painters writing about their work, maybe hoping to find a clue as to what I want to achieve with my writing, or some encouragement to keep on going. I remember reading that, according to Edvard Munch, the inspiration for his famous work *The Scream* came to him while he was watching a sunset in which the clouds turned red as blood. *The colours were screaming*, the painter wrote, recalling that moment. *The colours were screaming*, I read in one of those books in the library.

Our living room is quite large, the corner where I write is set slightly apart and I sit with my back to the TV. My husband wears headphones so he won't bother me.

'Just pretend I'm not here,' he says, as he eagerly prepares to watch whatever match is being shown that night.

But he doesn't realize that I can hear his:

'Ooooohhhsss . . .'

His:

'Ahhhhsss . . .'

And his:

'Oh, come off it . . . that was never a foul . . .'

I'm pretty sure he doesn't even know he's making these noises. I know he's trying to keep quiet; he bites his lip when someone scores and never shouts out 'Goal!' But it doesn't make any difference, because I can still tell when someone's scored. Suddenly I hear a kind of hiccup behind me, a stifled scream that makes the paintings on the wall shudder slightly, followed by a long sigh. I look behind me and see my husband with legs stretched out, eyes wide open and fingers spread as if he were reaching out to grab hold of something. He may not open his mouth, but his whole body is screaming 'Goal!' without him even realizing it.

Since my husband started watching football while I write, I've often thought that, if I could make someone feel even half

con mi escritura la mitad de lo que se emociona mi marido
viendo el fútbol, me daría por satisfecha. No creo que haya
nadie que nunca se haya puesto así leyendo mis libros. A veces
me pregunto para qué escribo y para quién, y si mis palabras
serán capaces de remover a alguien por dentro. Y si no son
capaces de emocionar más que una pelota de fútbol, me
pregunto si merece seguir escribiendo. Quizá por eso busco
últimamente en los escritos de famosos pintores una razón, una
pista que me permita seguir creyendo en el arte, en la creación.

La afición que mi marido siente por el fútbol no la siente
por la literatura ni por lo que escribo, eso lo he tenido claro
desde el primer libro que publiqué. Me lee, o, mejor dicho,
comienza a leerme, pero sé que no termina mis libros.
Cuando publico un nuevo libro, lo coge con interés, me hace
algún comentario sobre la portada, o sobre mi foto en la
solapa, y me dice:

– Tiene buena pinta.

O les pregunta a los niños, señalando la foto en la solapa:

– ¿A ver, chicos, quién sabe quién es ésta?

O tras leer el primer párrafo, me dice:

– Empieza bien, ¿no?

Pero yo sé que no va a pasar de la página diez. Noche tras
noche veo que el marca-páginas queda anclado en el mismo
sitio durante mucho tiempo.

Desde que comencé a escribir mientras mi marido ve el
fútbol, hay una idea que me ha llegado a obsesionar. Miro a
la pantalla, miro después a mi marido con los ojos pegados al
televisor, y me pregunto una y otra vez qué tiene ese deporte
que enciende pasiones. Y, lo más importante para mí, si es
posible trasladar esa pasión a la literatura.

Así que con esa pregunta en la cabeza, hace un año
comencé a experimentar. Comencé a escribir mirando a mi
marido mientras ve el fútbol con sus cascos, como si quisiera

as excited about my writing as my husband does when watching a match, I would be more than satisfied. I don't think anyone has ever felt like that when reading one of my books. Sometimes I wonder why I write and for whom, whether my words are really capable of moving anyone. And, if they're not nearly as effective as a small, round ball, I wonder whether there's any point in continuing to write at all. Maybe that's why I've been consulting the great painters, searching for something that might restore my belief in art and creativity.

My husband's enthusiasm for football far exceeds anything he's ever felt for literature or for my writing; I've known this ever since my first book was published. He reads me, or, rather, starts to read me, but I know he never gets to the end of any of my books. Whenever I publish a new book, he eagerly picks it up, comments on the cover or my author photo, and says:

'Looks good.'

Or he shows the photo to the children, saying:

'OK, boys, who do you think this is?'

Or he'll read the first paragraph and say:

'Hm, it starts well.'

But I know he never gets past page ten. Night after night, the bookmark stays stuck in the same place.

Ever since my husband started watching football while I write, I've become obsessed with a single idea. I look at the computer screen, then at my husband staring at the TV and wonder over and over what it is about the sport that ignites such passion. And, more importantly for me, is it possible to transfer that passion to literature?

So, a year ago, with that idea swirling around in my head, I began to experiment. I started to write while watching my husband watching football with his headphones on, as if I were

trasladar la pasión que inunda el aire del salón a la pantalla del ordenador, como si quisiera chuparle la sangre como un vampiro. Escribo unas líneas y miro a mi marido, escribo un párrafo y miro a mi marido, como un pintor que mira al horizonte para inspirarse. Lo veo removerse en el sofá cuando están a punto de lanzar una falta peligrosa, y pienso: Cómo, con qué adjetivos, con qué historia, puedo conseguir que a un lector le tiemble el labio inferior de emoción como le ocurre a mi marido segundos antes del chut.

Y en los últimos meses ha ocurrido algo sorprendente. Me he dado cuenta de que mirar a mi marido emocionado, – nunca me había fijado que se emocionara tanto –, me inspira para escribir. Desde que escribo mirando a mi marido mientras ve el fútbol, escribo mejor, escribo con más pasión, las letras parecen fijarse con uñas a la página en blanco, las palabras parece que muerden cuando las lees. Y los párrafos nacen uno detrás de otro, sin parar, hasta que he conseguido terminar la novela en la que estaba atascada desde hace dos años. Mirar a mi marido emocionado viendo el fútbol ha soltado un nudo que desde hace tiempo tenía dentro, y decido que el protagonista de la novela debe rebelarse y dejarlo todo para dedicarse a lo que realmente le apasiona, la pintura. Y mi protagonista llora al terminar sus cuadros, de emoción y de satisfacción, llora de gozo, sintiendo que la sangre vuelve a correr por sus venas, como cuando era joven.

Cuando mi editor terminó de leer el original, me llamó a la una de la mañana. No podía esperar al día siguiente, me dijo. Nada de lo que había escrito antes le había impactado y emocionado tanto, había algo magnético en aquellas palabras, en aquellas frases.

La novela se publicó hace un mes. Para mi sorpresa, está siendo un éxito. Las críticas publicadas han sido hasta el momento muy buenas, en ellas se destaca la emoción, por

trying to channel the passion filling the living-room air into my computer, as though trying to suck his blood like a vampire. I write a few lines, then look at my husband, write a paragraph, then look at my husband, like a painter staring at the horizon in search of inspiration. I see him squirming on the sofa at the prospect of a particularly dangerous free kick and I think: what adjectives, what story can I come up with that will make the reader's bottom lip tremble with emotion the way my husband's bottom lip trembles moments before the shot is taken?

In the last few months, something surprising has happened. I've realized that watching my excited husband – I'd never really noticed just how excited he gets – is inspiring my writing. Ever since I started writing while watching my husband watching football I've been writing better, with more passion, the letters seem to grab hold of the blank page, the words have real bite to them. The paragraphs flow, so much so that I've finally managed to finish the novel I've been bogged down in for two years now. Watching my husband's excitement as he watches football has untied a knot I've had inside me for quite some time. I decided that the protagonist had to rebel and drop everything in order to dedicate himself to what he really loves: painting. My protagonist weeps when he finishes a painting, out of emotion and satisfaction. He weeps with pleasure, feeling the blood once again pumping through his veins as it did when he was young.

When my editor finished reading the manuscript, he called me at one o'clock in the morning. He couldn't wait until the next day, he said. Nothing I'd written before had moved or excited him as much, there was something almost compelling about those words and phrases.

The novel was published a month ago. To my surprise, it's turning out to be a real success. The reviews thus far have been excellent, and what they all comment on, more

encima de todo. Recibo emails emocionados de lectores, muchos de ellos me agradecen que haya escrito la novela porque les ha animado a desatar su auténtica pasión: algunos han encontrado la valentía para empezar a escribir, otros para empezar a estudiar lo que siempre quisieron, hay quien ha conseguido destapar la atracción que siente por las personas de su mismo sexo . . . Impulsados por la novela, han empezado a hacer realidad y a destapar sus pasiones.

Y no solo en los lectores, la novela también ha tenido efectos inesperados en mi marido. Hace tiempo que ha pasado de la página diez, y esta última semana lo veo por casa con el libro en la mano para aquí y para allá. No parece que para mi marido éste sea un libro más. Si le hablo mientras lee, no me responde, igual que cuando ve los partidos del Mundial.

Y yo, agradecida al fútbol como nunca pensé que lo iba a estar, sigo escribiendo, mirando a mi marido, aunque, a decir verdad, cada vez lo miro más y escribo menos, porque me enloquece ver esos ojos llorosos cuando su equipo falla un penalti, me vuelve loca ese grito contenido cuando llega el gol, esa forma de tragar saliva antes de una falta directa.

Hoy me he sentado junto a él. Tiene mi novela sobre el sofá. Según el marca-páginas le falta poco para terminarla. Le he pedido que se quite si quiere los cascos, que voy a descansar un poco y vemos juntos el partido. He leído en la prensa que se trata de una eliminatoria importante (desde que escribo mirando a mi marido he empezado a leer las páginas de deportes). Y junto a él, me he sentido bien por un momento, como hacía años que no me sentía, los dos sentados haciendo lo mismo. Creo que no sentía nada parecido desde que íbamos juntos al cine cuando éramos novios.

Pero en un momento, mi marido ha levantado la vista del

than anything, is the excitement it generates. I'm getting enthusiastic emails from readers, many of them thanking me for encouraging them to unleash their true passion: some found the courage to start writing, others to study something they'd always wanted to, others to admit being attracted to members of the same sex . . . The novel gave them the push they needed to make their hidden dreams a reality.

And it's not just my readers, the novel has also had an unexpected effect on my husband. He got past page ten a while ago and this week he's been walking around the apartment with the novel in his hand. He doesn't seem to regard this as just another book. If I try saying something to him while he's reading, he doesn't answer, just like when he's watching the World Cup.

And, feeling grateful to football in a way I never thought I could, I keep writing while I watch my husband, although to tell the truth I'm watching more and writing less, because it drives me crazy when his eyes well up at a missed penalty, I go nuts when I see his stifled cries of 'Goal!', the way he swallows hard before a free kick is taken.

Today, I came to join him on the sofa. My novel is there with us. To judge from the bookmark, he's almost finished. I told him he could take off the headphones if he liked, that I'm going to take a break from writing and watch the match with him. I saw in the newspaper that it's an important cup game (since I started writing while watching my husband, I've been reading the sports pages). Sitting there next to him, I felt good in a way that I hadn't for years, the two of us actually sitting there, doing something together. I don't think I'd felt like that since we used to go to the cinema when we were just boyfriend and girlfriend.

But, at one point, my husband looked away from the TV,

televisor, ha tomado entre sus manos el libro y ha comenzado a leer. No me lo puedo creer. No lo miro directamente, no quiero que perciba mi sorpresa, así que sigo mirando a la pantalla, al partido de fútbol, y veo un balón que rueda sobre el verde, y cuatro jugadores que corren sudorosos hacia él. El de la camiseta roja toca la pelota con la pierna derecha y el resto le sigue por detrás, con urgencia, como si dentro de aquel balón se escapara rodando su propio corazón. El comentarista dice que el equipo blanco está presionando muy arriba, que esto provoca que los contraataques del equipo rojo sean muy peligrosos, el jugador rojo controla el balón, chuta con fuerza, un jugador se desmarca, lo recoge, sigue adelante, corre, tiene enfrente al portero, sólo al portero, el comentarista habla más alto, más rápido, los espectadores se levantan, el portero se adelanta, los brazos extendidos, las piernas extendidas, el jugador rojo chuta y . . .

– Gol.

Mi marido me mira, asombrado.

– ¿Has gritado gol?

– ¿Yo?

– Sí, acabas de gritar gol.

– No digas tonterías, es tu imaginación.

– ¿Te importa ponerte los cascos? Está interesante tu libro.

Iba a responderle que no necesito los cascos, que a mí no me interesa el fútbol realmente, pero lo veo tan concentrado en mi libro que me pongo los cascos, y ahora oigo a los comentaristas como si estuvieran en mi interior, como si me hablaran al oído, y mis latidos se aceleran.

Mi marido, tras ver la repetición del gol, sigue leyendo. Es increíble lo que está pasando. Podría apagar el televisor y ponerme a escribir, pero no tengo ganas. Y ahora empiezo a

picked up the book and started to read. I couldn't believe it. I didn't look directly at him because I didn't want him to see how surprised I was, so I went on staring at the screen, watching the football. I saw a ball rolling over the green grass with four players chasing after it, dripping with sweat. The one in the red shirt touched the ball with his right foot and the others followed urgently on behind, as though the ball were rolling away with their beating hearts inside it. The commentator said the team in white were pressing very high up the pitch, making them vulnerable to the team in red's counter-attacks. The red player got the ball under control and kicked it hard, another player slipped away, collected the ball, kept possession, running fast, and now there was only the goalkeeper to beat, the commentator started speaking louder, faster, the crowd sprang to its feet, the goalkeeper advanced, arms and legs outstretched, the player in red shot and . . .

'Goal!'

My husband stared at me in amazement.

'Did you just shout "Goal"?'

'Me?'

'Yes, you just screamed out "Goal".'

'Don't be silly, you're imagining things.'

'Would you mind putting on the headphones? Your book's getting interesting.'

I was going to tell him that I don't need the headphones, I don't really care about football, but he seemed so intent on reading my book that I put them on, and now I'm listening to the commentators as though they were inside my head, as though they were whispering in my ear, and my heart is racing.

My husband watches the replay of the goal and goes back to the book. This is just incredible. I could turn off the TV and get back to my writing, but I don't feel like it. Now I'm starting to

temer que no vaya a ser capaz de escribir nada si no veo a mi marido emocionado viendo un partido de fútbol.

Ahí está. No parpadea leyendo mi novela.

Siguen empate a uno en el marcador y faltan cinco minutos para terminar el partido.

Me vuelvo a poner los cascos. Lo miro de reojo, compruebo que está en las últimas dos páginas de la novela y entonces me parece ver un brillo especial en sus ojos, algo parecido a la emoción. Aspira fuerte el aire, lo contiene dentro unos segundos, y lo expulsa como un suspiro. Mi marido está a punto de llorar con mi novela.

Vuelvo a mirar al televisor.

Está ocurriendo un milagro.

Una paleta de colores toma la pantalla: camisetas rojas y blancas sobre el verde, el público multicolor, los anuncios que se encienden y se apagan . . ., y sobre la paleta, los pases de los jugadores como rotundas pinceladas blancas, dribblings de trazo retorcido, hay una plasticidad que da volumen a la pantalla, una intensidad de luz impresionista, y sobre ella, en el momento en que las voces de los comentaristas se elevan, el portero del equipo blanco estira el brazo, como el Adán de Miguel Ángel hacia Dios. Pero no llega.

Gol.

Camisetas rojas saltan y se abrazan, el público zarandea banderas rojas, una bengala enciende la pantalla. Y en medio de todo, el delantero que ha metido el gol, arrodillado sobre el césped, mirando al cielo, gritando exultante.

Mis lágrimas le dan un efecto *sfumato* a la imagen, difuminándolo todo y dándole unidad.

No puedo dejar de llorar. Los colores gritan en la pantalla de mi televisor y mis ojos no pueden soportar tanta belleza.

worry that I'll never be able to write anything again unless I'm watching my husband getting excited over a football match.

There he is, he can't take his eyes off my novel.

The score is one-all with five minutes to go.

I put the headphones back on. I glance at him and see that he's got to the final two pages of the novel and then I think I see an unusual gleam in his eyes, something approaching excitement. He takes a deep breath, holds the air in for a few seconds, then blows it out with a sigh. My novel is about to make my husband cry.

I look back at the TV.

A miracle is happening.

A palette of bright colours is filling the screen: red and white shirts against a green background, the multicoloured crowd, the flashing adverts . . . and across that palette the players' passes are bold brush strokes, their dribbles are scribbled lines, there's a plasticity that somehow lends volume to the screen, the intensity of Impressionistic light, and, above all of this, as the commentators' voices are growing in volume, the goalkeeper of the team in white reaches out one arm like Michelangelo's Adam reaching out to God. But he doesn't make it.

Goal.

Red jerseys jump up and down and hug each other, the crowd waves red flags, a flare lights up the screen. And, in the middle of it all, the forward who scored the goal is kneeling on the grass gazing up at the heavens, mouth open in an exultant scream.

My tears give the scene a *sfumato* effect, blurring everything, melding it all together.

I can't stop crying. The colours are screaming at me from the television, and my eyes just can't take all that beauty.

CARMEN LAFORET

El regreso

Era una mala idea, pensó Julián, mientras aplastaba la frente
contra los cristales y sentía su frío húmedo refrescarle hasta
los huesos, tan bien dibujados debajo de su piel transparente.
Era una mala idea esta de mandarle a casa la Nochebuena.
Y, además, mandarle a casa para siempre, ya completamente
curado. Julián era un hombre largo, enfundado en un decente
abrigo negro. Era un hombre rubio, con los ojos y los
pómulos salientes, como destacando en su flacura. Sin
embargo, ahora Julián tenía muy buen aspecto. Su mujer se
hacía cruces sobre su buen aspecto cada vez que lo veía.
Hubo tiempos en que Julián fue sólo un puñado de venas
azules, piernas como larguísimos palillos y unas manos
grandes y sarmentosas. Fue eso, dos años atrás, cuando lo
ingresaron en aquella casa de la que, aunque parezca extraño,
no tenía ganas de salir.

– Muy impaciente, ¿eh? . . . Ya pronto vendrán a buscarle.
El tren de las cuatro está a punto de llegar. Luego podrán
ustedes tomar el de las cinco y media . . . Y esta noche, en
casa, a celebrar la Nochebuena . . . Me gustaría, Julián, que no
se olvidase de llevar a su familia a la misa del Gallo, como
acción de gracias . . . Si esta casa no estuviese tan alejada . . .
Sería muy hermoso tenerlos a todos esta noche aquí . . . Sus
niños son muy lindos, Julián . . . Hay uno, sobre todo el más
pequeñito, que parece un Niño Jesús, o un San Juanito, con

The Return

It was a very bad idea, thought Julián, his face pressed against
the windowpane, feeling the damp, cold surface cool him right
down to his bones, the bones that stood out so clearly beneath
his pale skin. Yes, it was a very bad idea sending him home on
Christmas Eve, and, what's more, sending him home for good,
completely cured. Julián was a very tall man and was wearing
a really quite decent black overcoat. He was fair-skinned, with
prominent eyes and cheekbones, which only seemed to
emphasize his thinness. And yet Julián looked very well now.
Whenever she visited, his wife would exclaim at how well he
looked. There had been times when Julián was nothing but a
bundle of blue veins, with legs like elongated toothpicks and
huge, gnarled hands. That was two years ago, when he was
first admitted to the place which, strange though it may seem,
he was now reluctant to leave.

'I bet you can't wait, can you? They'll soon be here to fetch
you. The four o'clock train is due any moment. Then you can
both catch the five o'clock train and be home in time to
celebrate Christmas Eve . . . And, Julián, I would so appreciate
it if you would take your family to Midnight Mass, as an act of
thanksgiving. If we weren't so far away, it would be lovely to
have you all here tonight. You have such delightful children,
Julián. One of them, the youngest, looks like the Baby Jesus, or
a little St John, with his curly hair and blue eyes. I think he'd

esos bucles rizados y esos ojos azules. Creo que haría un buen monaguillo, porque tiene cara de listo . . .

Julián escuchaba la charla de la monja muy embebido. A esta sor María de la Asunción, que era gorda y chiquita, con una cara risueña y unos carrillos como manzanas, Julián la quería mucho. No la había sentido llegar, metido en sus reflexiones, ya preparado para la marcha, instalado ya en aquella enorme y fría sala de visitas . . . No la había sentido llegar, porque bien sabe Dios que estas mujeres con todo su volumen de faldas y tocas caminan ligeras y silenciosas, como barcos de vela. Luego se había llevado una alegría al verla. La última alegría que podía tener en aquella temporada de su vida. Se le llenaron los ojos de lágrimas, porque siempre había tenido una gran propensión al sentimentalismo, pero que en aquella temporada era ya casi una enfermedad.

– Sor María de la Asunción . . . Yo, esta misa del Gallo, quisiera oírla aquí, con ustedes. Yo creo que podía quedarme aquí hasta mañana . . . Ya es bastante estar con mi familia el día de Navidad . . . Y en cierto modo ustedes también son mi familia. Yo . . . Yo soy un hombre agradecido.

– Pero, ¡criatura! . . . Vamos, vamos, no diga disparates. Su mujer vendrá a recogerle ahora mismo. En cuanto esté otra vez entre los suyos, y trabajando, olvidará todo esto, le parecerá un sueño . . .

Luego se marchó ella también, sor María de la Asunción, y Julián quedó solo otra vez con aquel rato amargo que estaba pasando, porque le daba pena dejar el manicomio. Aquel sitio de muerte y desesperación, que para él, Julián, había sido un buen refugio, una buena salvación . . . Y hasta en los últimos meses, cuando ya a su alrededor todos lo sentían curado, una casa de dicha. ¡Con decir que hasta le habían dejado conducir . . .! Y no fue cosa de broma. Había llevado a la propia Superiora y a sor María de la Asunción a la ciudad a hacer

make an excellent altar boy, because he's obviously bright as a button . . .'

Julián was listening closely to the nun's chatter. He was very fond of Sister María de la Asunción, who was small and plump, with a smiling face and apple cheeks. He'd been so absorbed in his own thoughts that he hadn't heard her enter the vast, cold visiting room where he was waiting, ready to leave. No, he hadn't heard her arrive because those women, despite the voluminous habits and headdresses they wore, somehow managed to walk very lightly and silently, like ships in full sail. He felt quite overcome with joy to see her there; the last time he'd feel such joy at this point in his life. His eyes filled with tears, because while he always had been easily moved to tears, lately, his sentimentality had become almost a sickness.

'Sister, what I'd really like is to hear Midnight Mass with you and the other sisters. I'm sure I could stay until tomorrow. After all, I'll still be able to spend Christmas Day with my family. And, in a way, you're my family too. I . . . I'm just so very grateful.'

'Don't talk such nonsense, child. Your wife is on her way to fetch you now. Once you're home with your family again and back at work, you'll forget all about this, it will seem like a dream.'

Then she left too, and Julián was alone again with the bitterness of the moment, because he was genuinely sorry to be leaving the asylum, that place of death and desperation, which, for him, had proved to be a real refuge, a salvation. Indeed, in the last few months, when everyone considered him cured, it had been a place of happiness. They'd even allowed him to drive! Seriously. He'd driven the Mother Superior and Sister María de la Asunción into town to do the shopping. He knew how brave those

compras. Ya sabía él, Julián, que necesitaban mucho valor aquellas mujeres para ponerse confiadamente en manos de un loco . . ., o un ex-loco furioso, pero él no iba a defraudarlas. El coche funcionó a la perfección bajo el mando de sus manos expertas. Ni los baches de la carretera sintieron las señoras. Al volver, le felicitaron, y él se sintió enrojecer de orgullo.

– Julián . . .

Ahora estaba delante de él sor Rosa, la que tenía los ojos redondos y la boca redonda también. Él a sor Rosa no la quería tanto; se puede decir que no la quería nada. Le recordaba siempre algo desagradable en su vida. No sabía qué. Le contaron que los primeros días de estar allí se ganó más de una camisa de fuerza por intentar agredirla. Sor Rosa parecía eternamente asustada de Julián. Ahora, de repente, al verla, comprendió a quién se parecía. Se parecía a la pobre Herminia, su mujer, a la que él, Julián, quería mucho. En la vida hay cosas incomprensibles. Sor Rosa se parecía a Herminia. Y, sin embargo, o quizá a causa de esto, él, Julián, no tragaba a sor Rosa.

– Julián . . . Hay una conferencia para usted. ¿Quiere venir al teléfono? La Madre me ha dicho que se ponga usted mismo.

La 'Madre' era la mismísima Superiora. Todos la llamaban así. Era un honor para Julián ir al teléfono.

Llamaba Herminia, con una voz temblorosa allí al final de los hilos, pidiéndole que él mismo cogiera el tren si no le importaba.

– Es que tu madre se puso algo mala . . . No, nada de cuidado; su ataque de hígado de siempre . . . Pero no me atreví a dejarla sola con los niños. No he podido telefonear antes por eso . . . por no dejarla sola con el dolor . . .

women were to entrust their lives to a madman or, rather, an ex-lunatic, but he didn't let them down. The car behaved perfectly in his expert hands. The ladies didn't even notice the potholes in the road. When they arrived back, they congratulated him, and he'd felt himself blush with pride.

'Julián . . .'

Standing before him now was Sister Rosa, who also had round eyes and a round face. He wasn't so fond of Sister Rosa though; in fact, he didn't like her at all. She reminded him of something unpleasant in his life, he didn't quite know what. He'd been told that, during his first days there, he had more than once been put in a straitjacket after trying to attack her. She seemed perennially frightened of him. Now, suddenly, he realized who it was she reminded him of: his poor wife, Herminia, whom he loved dearly. Life is full of such enigmas. Sister Rosa looked just like Herminia. Nevertheless, or perhaps for that very reason, Julián could not stand Sister Rosa.

'Julián, there's a long-distance call for you. Do you want to come to the phone? Mother said you should answer it yourself.'

Mother was the Mother Superior. Everyone called her 'Mother'. It was an honour for Julián to be summoned by her to the phone.

It was Herminia, her tremulous voice at the other end asking him if he wouldn't mind getting the train on his own.

'It's just that your mother's not feeling well, no, it's nothing to worry about, it's her liver again, still, I wouldn't feel happy leaving her to look after the children on her own. That's why I couldn't phone earlier . . . because I didn't want to leave her alone when she was in such pain . . .'

Julián no pensó más en su familia, a pesar de que tenía el teléfono en la mano. Pensó solamente que tenía ocasión de quedarse aquella noche, que ayudaría a encender las luces del gran Belén, que cenaría la cena maravillosa de Nochebuena, que cantaría a coro los villancicos. Para Julián todo aquello significaba mucho.

– A lo mejor no voy hasta mañana . . . No te asustes. No, no es por nada; pero, ya que no vienes, me gustaría ayudar a las madres en algo; tienen mucho trajín en estas fiestas . . . Sí, para la comida sí estaré . . . Sí, estaré en casa el día de Navidad.

La hermana Rosa estaba a su lado contemplándolo, con sus ojos redondos, con su boca redonda. Era lo único poco grato, lo único que se alegraba de dejar para siempre . . . Julián bajó los ojos y solicitó humildemente hablar con la 'Madre', a la que tenía que pedir un favor especial.

Al día siguiente, un tren iba acercando a Julián, entre un gris aguanieve navideño, a la ciudad. Iba él encajonado en un vagón de tercera entre pavos y pollos y los dueños de estos animales, que parecían rebosar optimismo. Como única fortuna, Julián tenía aquella mañana su pobre maleta y aquel buen abrigo teñido de negro, que le daba un agradable calor. Según se iban acercando a la ciudad, según le daba en las narices su olor, y le chocaba en los ojos la tristeza de los enormes barrios de fábricas y casas obreras, Julián empezó a tener remordimientos de haber disfrutado tanto la noche anterior, de haber comido tanto y cosas tan buenas, de haber cantado con aquella voz que, durante la guerra, había aliviado tantas horas de aburrimiento y de tristeza a sus compañeros de trinchera.

Julián no tenía derecho a tan caliente y cómoda Nochebuena, porque hacía bastantes años que en su casa

Even though he still had the phone in his hand, Julián was no longer thinking about his family. He was thinking only that this was an opportunity for him to stay there another night, that he would be able to help put up the lights on the crib, enjoy the marvellous Christmas Eve supper they always served, and sing carols with everyone, all of which meant so much to him.

'In that case, I probably won't come home until tomorrow. No, don't get alarmed, it's just that, if you're not coming today, I'd like to give the sisters a bit of a hand this evening. They're so busy at this time of year. Yes, yes, I'll be there for lunch tomorrow . . . Yes, I'll be home for Christmas Day.'

Sister Rosa was standing next to him, observing him with her round eyes and her round mouth. She was the only one of the sisters he disliked, the only one he would be glad to leave behind. Julián lowered his eyes and asked humbly to speak to Mother, because he had a special favour to ask of her.

Next morning, a train was carrying Julián through a grey, sleety Christmas Day towards the city. He was crammed into a third-class carriage along with turkeys and chickens and their owners, all of whom seemed to be brimming with good cheer. Julián's only luggage was a small, battered suitcase and that good-quality black overcoat, which was keeping him snug and warm. As they approached the city, his nostrils were filled with its smells, and, as his unaccustomed eyes took in the grimness of the vast industrial areas and the workers' houses, Julián began to feel guilty for having enjoyed the previous night so much, for having eaten so much and so well, for having sung in that voice which, during the war, had brought some relief to his comrades in the trenches from all those hours of boredom and sadness.

Julián had no right to such a warm, cosy Christmas Eve, because, in his own home in recent years, those festivities had

esas fiestas carecían de significado. La pobre Herminia habría llevado, eso sí, unos turrones indefinibles, hechos de pasta de batata pintada de colores, y los niños habrían pasado media hora masticándolos ansiosamente después de la comida de todos los días. Por lo menos eso pasó en su casa la última Nochebuena que él había estado allí. Ya entonces él llevaba muchos meses sin trabajo. Era durante la escasez de gasolina. Siempre había sido el suyo un oficio bueno; pero aquel año se puso fatal. Herminia fregaba escaleras. Fregaba montones de escaleras todos los días, de manera que la pobre sólo sabía hablar de las escaleras que la tenían obsesionada y de la comida que no encontraba. Herminia estaba embarazada otra vez en aquella época, y su apetito era algo terrible. Era una mujer flaca, alta y rubia como el mismo Julián, con un carácter bondadoso y unas gafas gruesas, a pesar de su juventud . . . Julián no podía con su propia comida cuando la veía devorar la sopa acuosa y los boniatos. Sopa acuosa y boniatos era la comida diaria, obsesionante, de la mañana y de la noche en casa de Julián durante todo aquel invierno. Desayuno no había sino para los niños. Herminia miraba ávida la leche azulada que, muy caliente, se bebían ellos antes de ir a la escuela . . . Julián, que antes había sido un hombre tragón, al decir de su familia, dejó de comer por completo . . . Pero fue mucho peor para todos, porque la cabeza empezó a flaquearle y se volvió agresivo. Un día, después que ya llevaba varios en el convencimiento de que su casa humilde era un garaje y aquellos catres que se apretaban en las habitaciones eran autos magníficos, estuvo a punto de matar a Herminia y a su madre, y lo sacaron de casa con camisa de fuerza y . . . Todo eso había pasado hacía tiempo . . . Poco tiempo relativamente. Ahora volvía curado. Estaba curado desde hacía varios meses. Pero las monjas habían tenido

been utterly meaningless. Poor Herminia would have made
some kind of nougat out of potato paste and artificial
colouring, and the children would have eagerly devoured this
once they'd eaten a meal that would have been identical to the
one they ate every day. That, at least, is how it had been on the
last Christmas Eve he'd spent at home. By then, he'd already
been out of work for many months. It was the time of petrol
shortages. He worked as a chauffeur, and, until then, had
always earned good money, but that year had been truly
dreadful. Herminia scrubbed other people's stairs for a living.
Day after day, all she did was scrub stairs, and, in the end, all
the poor thing could talk about were stairs, with which she
became as obsessed as she was with the food she couldn't
afford to buy. Herminia had also been pregnant again at the
time, and had a monstrous appetite. Like Julián, she was tall,
thin and fair, but naturally cheerful and much too young for
the pebble glasses she had to wear. Watching her gobbling
down their daily diet of watery soup and sweet potatoes had
entirely put Julián off his food. During that winter, watery
soup and sweet potatoes had been their unremitting daily diet
from morning till night. Only the children ate breakfast.
Herminia would stare greedily at the hot, almost bluish
milk they would drink before going to school. Julián,
who, according to his family, had always been a big eater,
stopped eating completely . . . This proved disastrous for
everyone, because it was then that he began to lose his grip on
his sanity and become aggressive. One day, when he'd already
spent several days convinced that their humble home was a
garage and that the folding beds filling the rooms were luxury
motorcars, he came close to killing Herminia and her mother,
and was taken from the house in a straitjacket and . . . But that
was some time ago . . . although still not that long ago. Now
he was returning home cured. He had, in fact, been well for

compasión de él y habían permitido que se quedara un poco
más . . . hasta aquellas Navidades. De pronto se daba cuenta
de lo cobarde que había sido al procurar esto. El camino
hasta su casa era brillante de escaparates, reluciente de
pastelerías. En una de aquellas pastelerías se detuvo a
comprar una tarta. Tenía algún dinero y lo gastó en eso.
Casi le repugnaba el dulce de tanto que había tomado
aquellos días; pero a su familia no le ocurriría lo mismo.

Subió las escaleras de su casa con trabajo, la maleta en una
mano, el dulce en la otra. Estaba muy alta su casa. Ahora, de
repente, tenía ganas de llegar, de abrazar a su madre, aquella
vieja siempre risueña, siempre ocultando sus achaques,
mientras podía aguantar los dolores.

Había cuatro puertas descascarilladas, antiguamente
pintadas de verde. Una de ellas era la suya.
Llamó.

Se vio envuelto en gritos de chiquillos, en los flacos brazos
de Herminia. También en un vaho de cocina caliente. De
buen guiso.

– ¡Papá . . . ! ¡Tenemos pavo . . . !

Eso era lo primero que le decían. Miró a su mujer. Miró a
su madre, muy envejecida, muy pálida aún a consecuencia del
último arrechucho, pero abrigada con una toquilla de lana
nueva. El comedorcito lucía la pompa de una cesta repleta de
dulces, chucherías y lazos.

– ¿Ha . . . ha tocado la lotería?

– No, Julián . . . Cuando tú te marchaste, vinieron unas
señoras . . . De la Beneficencia, ya sabes tú . . . Nos han
protegido mucho; me han dado trabajo; te van a buscar
trabajo a ti también, en un garaje . . .

¿En un garaje . . . ? Claro, era difícil tomar a un
ex loco como chófer. De mecánico tal vez. Julián
volvió a mirar a su madre y la encontró con

several months, but the nuns had taken pity on him and let him stay a little longer . . . until that Christmas. He suddenly realized how cowardly he had been in wanting to stay. The street leading to his house was bright with shop windows, with glittering cake shops, and he stopped in one of them to buy a cake, spending what little money he had. He himself couldn't really face anything sweet after all he'd eaten at the asylum over the last few days, but his family would feel differently.

He struggled up the many stairs to their apartment, suitcase in one hand and cake in the other. He suddenly felt eager to arrive, to embrace his mother, that cheerful old lady who never complained about her various ailments, or did so only if she was in real pain.

The four doors on the landing had once been painted green, but the paint was now chipped and peeling. One of those doors was his. He knocked.

He found himself instantly surrounded by childish shrieks and Herminia's scrawny arms. And by the smell of a warm kitchen and a good stew.

'Papa, we've got a turkey!'

That was the first thing they said to him. He looked at his wife. He looked at his mother, who, although she had aged greatly and was still rather pale after her latest bout of illness, was wearing a new woollen shawl. In the small dining room stood a lavish hamper full of sweets, titbits and ribbons.

'Has someone won the lottery?'

'No, Julián. When you left, some ladies from the local benefit society came round and they've been so good to us. They found me a job and they're going to find work for you too, in a garage . . .'

In a garage? Needless to say, it would be hard to find anyone willing to take on an ex-madman as a chauffeur. Perhaps he could work as a mechanic. Julián again glanced at his mother

los ojos llorosos. Pero risueña. Risueña como
siempre.

De golpe le caían otra vez sobre los hombros las
responsabilidades, angustias. A toda aquella familia que se
agrupaba a su alrededor venía él, Julián, a salvarla de las
garras de la Beneficencia. A hacerla pasar hambre otra vez,
seguramente, a . . .

– Pero, Julián, ¿no te alegras? . . . Estamos todos juntos
otra vez, todos reunidos en el día de Navidad . . . ¡Y qué
Navidad! ¡Mira!

Otra vez, con la mano, le señalaban la cesta de los
regalos, las caras golosas y entusiasmadas de los niños. A él.
Aquel hombre flaco, con su abrigo negro y sus ojos saltones,
que estaba tan triste. Que era como si aquel día de Navidad
hubiera salido otra vez de la infancia para poder ver, con
toda crueldad, otra vez, debajo de aquellos regalos, la vida
de siempre.

and saw that her eyes had welled up with tears, but she was still smiling, always smiling.

He suddenly felt all the old responsibilities and anxieties bearing down on him, like a lead weight on his shoulders. He had come home to save that whole family gathered around him from the grasp of the benefit society, and would probably lead them once more into starvation . . .

'Aren't you pleased, Julián? Here we are together again on Christmas Day. And what a Christmas, eh? Look!'

She again pointed to the hamper of presents, to the children's greedy, excited faces, pointing all this out to him, that poor skinny man with his black overcoat and his sunken eyes, whose face was the very picture of sadness, because for him it was as if, on that Christmas Day, he had once more emerged from childhood in order to see, underneath those gifts, life in all its bleakness, ordinary life marching inexorably on.

CARMEN MARTÍN GAITE

La trastienda de los ojos

La cuestión era lograr poner los ojos a salvo, encontrarles un agarradero. Francisco, por fin, lo sabía. Él, que era un hombre de pocos recursos, confuso, inseguro, se enorgullecía de haber alcanzado esta certeza por sí mismo, esta pequeña solución para innumerables situaciones. Por los ojos le asaltaban a uno y se le colaban casa adentro. No podía sufrir él estos saqueos súbitos y desconsiderados de los demás, este obligarle a uno a salirse afuera, a desplegar, como colgaduras, quieras que no, palabras y risas.

– ¡Qué divertida era aquella señora de Palencia! ¿Te acuerdas, Francisco?

– Francisco, cuéntales a éstos lo del perrito.

– ¿Verdad que cuando vino no estábamos? Que lo diga Francisco, ¿a que no estábamos?

– ¿Margarita? Ah, eso, Francisco sabrá; es cosa de él. Vamos, no te hagas ahora el inocente; miras como si no supieras ni quién es Margarita. Se pone colorado y todo.

¿Colorado? ¿De verdad se estaría poniendo colorado? Pero no, es que lo interpretaban todo a su manera, que creaban historias enredadas, que lo confundían todo. Tal vez los estuviera mirando mitad con asombro, porque no se acordaba de Margarita, mitad con el malestar que no acordarse le producía y con la prisa

Behind the Eyes

It was simply a matter of finding a safe place, a kind of refuge, for your eyes. Francisco had finally come to this realization. And, as a vague, insecure man of few resources, he was proud to have arrived at this truth on his own, at this small solution to so many situations. People could board you through your eyes and climb inside. He couldn't bear these sudden, inconsiderate assaults by other people, which obliged you to step outside yourself, and, as if drawing back a curtain, reveal words and smiles, whether you wanted to or not.

'She was so funny that lady from Palencia! Do you remember, Francisco?'

'Francisco, tell them that story about her little dog.'

'We weren't there when she came, were we, Francisco?'

'You mean Margarita? Oh, Francisco will know all about that. That's his business. Now, come on, don't play the innocent. Anyone would think you didn't even know who Margarita was. Look, he's blushing.'

Was he really blushing? No, he wasn't, they just imposed their own interpretation on everything, creating complicated stories that only confused matters more. He might have been looking at them partly in bewilderment, because he couldn't remember who Margarita was, and partly out of embarrassment at his failure to remember and his desire to fob them off with some

de enjaretar cualquier contestación para que le dejaran volverse en paz a lo suyo. Aunque, en realidad, si alguien le hubiese preguntado qué era lo suyo o por qué le absorbía tanto tiempo, no lo hubiera podido explicar. Pero vagamente sentía que volver a ello era lo mismo que soltarse de unas manos empeñadas y sucesivas que le arrastraban a dar vueltas debajo de una luz fastidiosa, quebrada, intermitente, ante una batería de candilejas que amenazase a cada instante con enfocar sus ojos de nuevo. Era soltarse de aquellas manos y llegar otra vez a la puerta de la casa de uno, y empujarla, y ponerse a recoger sosegadamente lo que había quedado por el medio, y no oír ningún ruido.

Algunas personas hacían narraciones farragosas y apretadas sobre un tema apenas perceptible, minúsculo, que se llegaba a desvaír y escapar de las palabras, y era trabajosísimo seguirlo, no perderlo, desbrozarlo entre tanta niebla. A otros les daba por contar sucedidos graciosos que era casi indispensable celebrar; a otros por indignarse mucho – el motivo podía ser cualquiera – y estos eran muy reiterativos y hablaban entrecortadamente con interjecciones y altibajos, pinchazos para achuchar a la gente, para meterla en aquella misma indignación que a ellos los atosigaba, y hasta que no lo lograban y luego pasaba un rato de propina, volviendo a hacer todos juntos los mismos cargos dos o tres veces más, no se podían aquietar. Pero los más temibles, aquellos de los que resultaba inútil intentar zafarse, eran los que esgrimían una implacable interpelación seguida de silencio: '¿Y a eso, qué me dices?' '¿Qué te parece de eso a ti?' Y se quedaban en acecho, con la barbilla ligeramente levantada.

Francisco andaba inquieto, como náufrago, entre las conversaciones de los demás, alcanzado por todas, sin poder aislarse de ellas, pendiente de cuando le tocaría meter baza. Y,

answer or other just so they would leave him in peace with his own thoughts. Although, if someone had asked what his own thoughts were or why they should take up so much time, he wouldn't have been able to explain. He had a sense, though, that returning to his own thoughts was tantamount to freeing himself from those tenacious pairs of hands that kept insisting on dragging him onto the stage to perform pirouettes beneath a troublesome, faltering, intermittent light, before a battery of footlights that threatened at any moment to focus once again on his eyes. It was like freeing himself from those grasping hands, reaching his own front door again, pushing it open and sitting down quietly to resume whatever it was that he had left unfinished, and with not a sound to be heard.

Some people launched into long, complicated dissertations on some minuscule, barely perceptible subject, which slipped and slid away from their words, and he had the devil's own job to follow the thread and find a path through all that mist. Others preferred to recount amusing incidents that he was obliged to find delightful; still others waxed indignant – any topic would do – and proved terribly repetitive and incoherent, their talk full of interjections and ups and downs, sharp jabs to provoke the others, to get them worked up into the same state of indignation, and, until they succeeded and could then rest easy for a while, they would return to the charge again and again, incapable of calming down. Most alarming of all, though, and from whom there was no escape, were the sort who would throw down an implacable question followed by a silence: 'What do you say to that?' or 'What do you think of that?' And they would stand there, watching and waiting, chin slightly lifted.

Francisco flailed about like a drowning man among these other people's conversations, caught up in them all and unable to cut himself off, with everyone waiting for him to

aunque no le tocara, se sabía presente, cogido. Y le parecía que era sufrir la mayor coacción darse por alistado y obligado a resistir en medio de conversaciones que ni le consolaban ni le concernían, no ser capaz de desentenderse de aquellas palabras de su entorno.

Hasta que un día descubrió que todo el misterio estaba en los ojos. Se escuchaba por los ojos; solamente los ojos le comprometían a uno a seguir escuchando. Sorprenderle sin que le hubiera dado tiempo a ponerlos a buen recaudo era para aquella gente igual que pillar un taxi libre y no soltarlo ya; estaba uno indefenso. Eran los ojos lo que había que aislar; a ellos se dirigían. Francisco aprendió a posarlos tenazmente en las lámparas, en los veladores, en los tejados, en grupos de gente que miraba a otro lado, en los gatos, en las alfombras. Se le pegaban a los objetos y a los paisajes empeñadamente, sorbiéndoles con el color y el dibujo, el tiempo y la pausa que albergaban. Y oía las conversaciones, desligado de ellas, desde otra altura, sin importarle el final ni el designio que tuvieran, distraído, arrullado por sus fragmentos. Sonreía un poco de cuando en cuando para fingir que estaba en la trama. Era una sonrisa pálida y errabunda que siempre recogía alguno; y desde ella se podían soltar incluso tres o cuatro breves frases que a nada comprometiesen. 'Está triste', empezaron a dictaminar acerca de él; pero no le preguntaban nada porque no conseguían pillarle de plano los ojos.

Hablaban bien de él en todas partes.

– Su hijo, señora – le decían a su madre –, tiene mucha vida interior.

– Es que, ¿sabe usted?, como anda preparando las oposiciones . . . Yo lo que creo es que estudia más de la cuenta.

Francisco no estudiaba más de la cuenta ni tenía mucha vida interior. Se metía en su cuarto, estudiaba

put in his twopenny-worth. And, even if he didn't, there he was, trapped. He felt he was being forced to join in, obliged to endure conversations that neither consoled nor concerned him, unable to detach himself from the words circling around him.

Then, one day, he discovered that the answer lay in the eyes. You listen through your eyes, and only your eyes commit you to keep on listening. For those people who caught him before he had time to put his eyes safely away, this was tantamount to hailing a cab and never letting it go; you were defenceless. It was your eyes that you needed to isolate, it was your eyes that others always addressed. Francisco learned to fix them firmly on lamps, pedestal tables, rooftops, groups of people looking elsewhere, on cats or carpets. He gazed insistently at objects and landscapes, drinking them in along with their colours and shapes, with the time and the respite they allowed him. And he would hear the conversations going on, but as if he were disconnected from them, looking down on them from a great height, caring not a jot about their conclusions or their intentions, distracted and lulled by the odd snippets that reached him. He would occasionally smile in order to pretend that he was actually listening, a pale flicker of a smile that someone always noticed; and he could even utter the occasional brief, uncompromising sentence. People began to say of him: 'He's sad,' but they didn't ask him anything because they could never catch his eye.

Everyone spoke well of him.

'Your son, Señora,' they would say to his mother, 'has a very rich inner life.'

'Well, he's studying for his civil service exams, you see. I think he might be studying too hard.'

Francisco wasn't studying particularly hard, nor did he have much of an inner life. He shut himself up in his room, studied

la ración precisa y luego hacía pajaritas de papel y dibujos
muy despacio. Iba al café, al casino, de paseo por el
barrio de la Catedral. A su hermana le decían las
amigas:

– Es estupendo. Escucha con tanto interés todas las cosas
que se le cuentan. A mí no me importa que no sepa bailar.

La casa de los padres de Francisco estaba en la plaza Mayor
de la ciudad, y era un primer piso. En verano, después que
anochecía, dejaban abiertos los balcones, y desde la calle se
veían las borlas rojas de una cortina y unos muebles oscuros,
retratos, un quinqué encendido. Al fondo había un espejo
grande que reflejaba luces del exterior.

– ¡Qué bonita debe ser esa casa! – decían los chavalines de
la calle.

Y algunas veces Francisco los miraba desde el balcón
de su cuarto. Los veía allí parados, despeinados, en la
pausa de sus trajines y sus juegos, hasta que, de tanto
mirarlos, ellos le miraban también, y empezaban a
darse con el codo y a reírse. Francisco, entonces, se
metía.

Un día su madre le llamó al inmediato
saloncito.

– Mira, Francisco; mientras vivamos tu padre y yo, no
tienes que preocuparte por ninguna cosa. Anoche
precisamente lo estuvimos hablando.

Hubo una pequeña pausa, como las que se hacen en las
conversaciones del teatro. Francisco se removía en su
almohadón; los preámbulos le desconcertaban sobremanera y
cada vez estaba menos preparado a escuchar cosas que le
afectasen directamente. Se puso a mirar la luna, que estaba
allí enfrente encima de un tejado, y era tan blanca y tan
silenciosa y estaba tan lejos, que le daba un gran consuelo.
Abría bien los dos ojos y se recogía, imaginando las dos lunas

what he needed to study, then spent his time making little birds out of paper and drawing very slowly. He would go to the café, to the club, or stroll around the streets near the cathedral. His sister's friends would say to her:

'He's amazing. He listens so intently to everything people tell him. I don't care if he doesn't know how to dance.'

Francisco's parents lived on the first floor of a house in the main square. In summer, when it was dark, they would leave all the balcony doors open, and from the street you could see the red tassels on the curtains, a few dark pieces of furniture, some portraits, and the glow of an oil lamp. At the far end, there was a big mirror that reflected the lights from outside.

'It must be such a great apartment!' the youngsters in the street would say.

And sometimes Francisco would watch them from the balcony of his bedroom. He would see them standing around, hair all dishevelled, in a break from their running about and their games; indeed, he would spend so much time looking that they would end up looking at him too and start nudging each other and laughing. Then Francisco would come inside.

One day, his mother called to him from the little room next door to his.

'Listen, Francisco, as long as your father and I are alive, you don't need to worry about anything. We were talking about it just last night.'

There was a brief pause, like those you get in dialogues in a play. Francisco fidgeted uneasily on his cushion; he always found such preambles extremely disconcerting, and he was less and less prepared to hear things that affected him directly. He looked over at the moon, which had appeared above a roof opposite, and it was so white, so silent and so remote that he found it really consoling. He opened his eyes very wide and withdrew into himself, imagining the two tiny moons that

pequeñitas que se le estarían formando en el fondo de ellos. Su madre volvió a hablar, y ya no era tan penoso oírla. Háblaba ahora de un complicado negocio que, al parecer, había salido algo mal, y en el que Francisco debía tener parte. Esto se conocía en la precisión con que aludía a nombres, fechas y detalles de los que él, sin duda, tendría que haber estado al tanto. Se acordaba ahora de que ya otros días, durante las comidas, habían hablado de este mismo asunto.

– Tú, de todas maneras, no te preocupes. Ni por lo de la oposición tampoco. Se acabó. No quiero volver a verte triste. Con las oposiciones y sin ellas, te puedes casar cuando te dé la gana.

¡Ah, conque era eso! Francisco apretó los ojos a la luna. Seguramente su madre creía que estaba enamorado. ¿Lo estaría, a lo mejor? Alguna de las muchachas con las que había hablado en los últimos tiempos, ¿habría dejado una imagen más indeleble que las otras en aquel almacén del fondo de sus ojos? ¿Habría alguna de ellas a la que pudiese coger de la mano y pedirle: 'Vámonos, vámonos?' Le empezó a entrar mucha inquietud. Allí, detrás de sus ojos, en la trastienda de ellos, en el viejo almacén, a donde iba a parar todo lo recogido durante días y tardes, se habían guardado también rostros de varias muchachas. Había una que, a veces, aparecía en sus sueños y le miraba sin hablar una palabra, igual que ahora le estaba mirando la luna. Era siempre la misma: tenía el pelo largo, oscuro, sujeto por detrás con una cinta. Él le pedía ansiosamente: 'Por favor, cuéntame alguna cosa'; y solamente a esta persona en el mundo hubiera querido escuchar.

La madre de Francisco esperó, como si sostuviera una importante lucha interior. Él ya se había olvidado de que tenía que responder algo a lo de antes. Despegó los ojos de la luna cuando le oyó decir a su madre:

– Ea, no quiero que te vuelvas a poner triste. Cuando te dé

would be forming in his pupils. His mother spoke again, and this time it was less painful to him. She was talking now about some complicated deal which had, apparently, gone rather badly, and about which Francisco should have known. He realized this because of the precise way in which she mentioned names, dates and details that he should probably have been familiar with. And he did recall hearing them talk about the matter earlier, over lunch.

'Anyway, you're not to worry. Don't worry about your exams either. That's all over. I don't want to see you looking sad again. Regardless of whether you pass your exams or not, you can marry whoever you like.'

So that's what it was about! Francisco stared still harder at the moon. His mother presumably thought he was in love. Perhaps he was. Had one of the girls he'd spoken to recently left a more indelible image than usual on that stockroom behind his eyes? Was there one of them he could take by the hand and say: 'Shall we?' He began to feel very anxious. There, behind his eyes, in that back room, in that old warehouse, where everything accumulated over the days and evenings, he had stored away the faces of various girls. There was one who sometimes appeared in his dreams and who looked at him without saying a word, just as he was now looking at the moon. It was always the same girl: she had long, dark hair caught back with a ribbon. He would ask her urgently: 'Please, speak,' and she was the only person in the world he would have wanted to listen to.

Francisco's mother waited, as if some great battle were going on inside her. He had already forgotten that he should have replied to what she had said before. He only looked away from the moon when he heard his mother say:

'Oh dear, I don't want you to feel sad again. You can get

la gana te puedes casar. Y con quien te dé la gana. Ya está dicho. Aunque sea con Margarita.

Francisco notó que su madre se quedaba espiándole furtivamente y sintió una fuerte emoción. En el mismo instante tomó su partido. No le importaba no saber exactamente quien era Margarita, no acordarse ahora del sitio en que la había visto por la primera vez. Ya eran muchas las veces que unos y otros le nombraban a esta Margarita (y él, tan torpe, no había reparado), a esta muchacha humilde de sus sueños que seguramente le quería. Sería insignificante, alguna amiga de sus hermanas, amiga ocasional, inferior para ellas, que todo lo medían por las buenas familias. Habría venido a casa algún día. Alguna empleada, a lo mejor. Su madre le había dicho: 'Aunque sea con Margarita.'

Pues con ella; con otra ya no podía ser. Tenía prisa por mirarla y por dejarse mirar, por entregarle sus ojos, con toda aquella cosecha de silencios, de sillas, de luces, de floreros y tejados, mezclados, revueltos, llenos de nostalgias. Sus ojos, que era todo lo que tenía, que valían por todo lo que podía haber pensado y echado de menos, se los daría a Margarita. Quería irse con ella a una ciudad desconocida. Depositar en la mirada de Margarita la suya inestable y desarraigada. Solamente los ojos le abren a uno la puerta, le ventilan y le transforman la casa. Se puso de pie.

– Sí, madre, me casaré con Margarita. Me casaría con ella aunque te pareciera mal. Ahora mismo la voy a buscar. Tengo que verla.

Se lo dijo resueltamente, mirándola a la cara con la voz rebelde y firme que nunca había tenido, sacudiéndose de no sé qué ligaduras. Luego, a grandes pasos, salió de la habitación.

married whenever you want. And you can marry whoever you want, all right? Even Margarita.'

Francisco sensed his mother eyeing him furtively and felt a wave of emotion. He made his decision right there and then. He didn't care if he wasn't quite sure who Margarita was or where he had seen her for the first time. People had mentioned this Margarita person many times already (and he was too obtuse to have noticed), this humble young woman who appeared in his dreams and who probably loved him. She must be some rather insignificant person, a casual acquaintance of his sister's, but inferior to them, for they measured everyone according to whether or not they came from 'a good family'. She must have come to the house one day. A shop assistant perhaps. After all, his mother had said: 'Even Margarita.'

Yes, he would marry her and no other. He felt in a hurry now to look at her and to allow himself to be looked at, to surrender his eyes to her, with their jumbled store of nostalgias, silences, chairs, lights, vases and rooftops. Yes, he would give his eyes to Margarita, for they were all he had, containing as they did everything he might have thought and missed. He wanted to go with her to some as-yet-unknown city. To deposit in Margarita's gaze his own shifting, rootless gaze. The eyes alone open the door into a person, letting in the air and transforming the house. He stood up.

'Yes, mother, I will marry Margarita. I would marry her even if you disapproved. I'm going to see her now. Yes, I must see her.'

He said this resolutely, looking his mother in the eye and speaking in a determined, rebellious tone he'd never used before, as if he were shaking off the shackles. Then he strode out of the room.

CRISTINA FERNÁNDEZ CUBAS

La nueva vida

Había decidido empezar una nueva vida. *Tenía* que empezar una nueva vida. Y el pequeño apartamento-hotel, escogido al azar, apalabrado desde Barcelona a través de una agencia, le pareció, nada más llegar, el lugar idóneo para dejar de preguntarse '¿Y cómo?', '¿A partir de qué?', '¿Cuál es la fórmula para iniciar una nueva vida?' La pieza era amplia y alegre. Cocina americana, cama espaciosa, el baño perfectamente equipado, sofá, sillones, una mesa-tocador adosada a la pared y un ventanal que daba a Gran Vía. En el fondo había sido una suerte que en su hotel habitual, el hotel de toda la vida en Paseo del Prado, no hubiera una sola habitación libre por estas fechas. Y lo mismo había sucedido con los otros, los sucedáneos, a los que acudía alguna que otra vez cuando en su hotel, el de toda la vida, le contestaban por teléfono: 'Lo sentimos mucho. Está completo.' Algo debía de suceder en Madrid en esos primeros días de primavera, de lo que nadie le supo dar razón. Un congreso, una feria, un simposio de especial envergadura. Ahora, pegada al cristal de la ventana, resguardándose del sol tras unas gafas oscuras, contemplaba fascinada la animación de la calle como si asistiera a la proyección de una película muda de alto presupuesto. Miles de figurantes, colores abigarrados, acción. Un plano general en el que algunos de los comparsas se empeñaban en reclamar más atención, mayor protagonismo.

A Fresh Start

She had decided to make a fresh start. She had to make a fresh start. And as soon as she arrived at the small apartment-hotel, chosen at random and booked in Barcelona through a travel agent, she thought it was the ideal place to allow her to stop wondering 'How do I go about it?', 'Where do I begin?', 'What's the recipe for starting a new life?' The room was large and bright. There was a kitchenette, a big bed and the bathroom had everything she needed. There was a sofa, armchairs, a dressing table attached to the wall and a large window looking out onto Gran Vía. The fact that there hadn't been one single room available for these particular dates at her usual hotel in the Paseo del Prado, the one she always went to, had been a stroke of luck. The same thing had happened with all the other alternatives she resorted to whenever her usual hotel told her on the phone, 'I'm very sorry. We're full up.' Something had to be going on in Madrid during those first few days of spring – a particularly important conference, trade fair or symposium. Now she was glued to the window, protecting her eyes from the sun behind dark glasses and watching the activity in the street, fascinated. It was as if she were watching a silent film with a huge budget. There were thousands of extras, all the colours of the rainbow and lots of action. Some of the actors were trying to attract more attention and play a bigger role. She had seen one stylish passer-by cross the road

A un transeúnte de aspecto atildado le había visto cruzar la calzada por lo menos cuatro o cinco veces. ¿Adónde iba aquel buen hombre, si es que iba a algún lado? Se apartó de la ventana y abrió la maleta. Dos noches, sólo dos noches. Pero quizás, en otra ocasión, ocuparía el apartamento por más tiempo. Una semana, un mes . . . Encendió la tele, la cadena musical, el aire acondicionado. Por un momento le pareció que aquel sí era su hotel de toda la vida. Y sintió lo que hacía tiempo había perdido. Ganas de leer, de escribir, de convertir la mesa-tocador adosada a la pared en su mesa de trabajo, de cocinar, llenar la nevera, de ir al teatro, al cine . . . Pero, sobre todo, de regresar. Reencontrarse cada noche con aquella habitación tan alegre en la que, de concederle la opción, no cambiaría un detalle. Era *suya*. Le habían asignado una habitación que le pertenecía.

Miró la llave. 404. El número le había gustado desde el primer momento. Cuatro más cuatro, ocho. El infinito, recordó, es un ocho tumbado. El cero aislado, se dijo, carece en principio de valor, no es nada. O tal vez sí. Tal vez no se trate de un número sino de una letra. La O de Oxígeno, por ejemplo. Respiró fuerte. Apagó la tele, la cadena musical, el aire acondicionado. Y volvió al ocho. A la llave que sostenía aún en la mano. Cuatro más cuatro, ocho. Hacía casi ocho meses que Él ya no estaba aquí. Ocho meses que no habían discurrido de acuerdo con los cómputos normales del tiempo. A ratos le parecían una eternidad, como el ocho tumbado. A veces tan sólo anillas de humo que se juntaban burlonamente en el aire, entre calada y calada de un cigarrillo. Así habían sido sus ocho meses. Interminables y vacíos.

Salió a la calle. Ahora también ella participaba en la película. Una figurante más. Una entre miles. Tal vez en aquel mismo instante alguien, desde una ventana de cristal doble,

at least four or five times. Where on earth was that man going – if indeed he was going anywhere? She moved away from the window and opened her suitcase. Two nights. She would be there only for two nights. But perhaps she would stay longer another time, for a week or a month. She turned on the television and put on the music channel. Then she switched on the air conditioning. For a minute she thought this really was her usual hotel and felt a hankering for what she had lost a long time ago – the urge to read, write, turn the dressing table into a writing desk, cook, stock up the fridge, go to the theatre and the cinema. More than anything, she wanted to come back. She wanted to come back to that bright room every evening and, given the choice, she wouldn't change a thing. It was hers. She had been given a room that belonged to her.

She looked at the key. Room 404. She had liked the number straight away. Four plus four equals eight. The symbol for infinity, she remembered, is a figure 8 on its side. An isolated zero, she thought, in principle has no value. It's nothing. Or perhaps it is something. Perhaps it's not a number but actually a letter. An O for oxygen, for example. She took a deep breath and turned off the television, the music channel and the air conditioning. Then her mind went back to the figure 8, to the key she was still holding in her hand. Four plus four equals eight. Eight months had already passed since *he* had gone. Eight months that time hadn't measured in the usual way. Sometimes those eight months seemed like an eternity, just like the figure 8 on its side. And sometimes they simply seemed like smoke rings jauntily colliding in the air between puffs on a cigarette. That's what her eight months had been like – interminable and empty.

She went out, and now she was part of the film, too. She was one more extra, one among many thousands. Perhaps at that very moment, someone from a double-glazed window,

desde una habitación insonorizada de un hotel cualquiera, la estaba observando en medio del gentío. Le gustó pensar que ese espectador, hombre o mujer, se sentía de repente extrañamente relajado y feliz. Como ella ahora. Tomó Gran Vía abajo y volvió a felicitarse por su suerte. La habitación. El día espléndido. Las ganas de trabajar, de volver a la vida . . . Anduvo apenas una manzana y se detuvo en una plaza. Le sorprendió que lo que a ella le había parecido una plaza tuviera nombre de calle – calle de la Flor Baja. Pero aquella mañana no era como las otras. Estaba decidida a que no fuera como las otras. Se sentó en una terraza, abrió su agenda y anotó: 'Flor Baja'.

Pidió una cerveza. Seguramente ya no volvería nunca más al viejo hotel de Paseo del Prado. 'Flor Baja' podía ser muy bien el mojón de un nuevo itinerario. Nuevas aficiones, nuevos hábitos, tal vez esa obligada nueva vida que se iniciaba precisamente en aquel mismo instante. Repasó la agenda. Por la noche había quedado a cenar con una amiga y al día siguiente debía resolver ciertos trámites en una oficina. Pero de repente la sola idea de la cena se le antojó un suplicio, y el papeleo, las gestiones, un mero pretexto para pasar un par de días en Madrid y cambiar de aires. Escribió: 'Anular cena y enviar documentos por correo.' Miró las anotaciones de días anteriores – máximas, sugerencias, llamadas al optimismo, normas de conducta – y sonrió al comprobar que, en un arrebato de furia, ella misma había terminado tachándolas por inútiles. De la quema apenas se habían salvado dos. Un enérgico propósito – '¡Vivir al día!' – y las palabras de condolencia de Einstein a la viuda de un amigo. 'Su marido me ha precedido. Pero como físico usted sabrá que para mí no existe pasado ni presente.' No recordaba el nombre del amigo ni el de su mujer. Pero sí la cantidad de veces que había releído incrédula aquellas

from a soundproofed room in some hotel, was watching her among the crowd. She liked the thought that whoever was watching her – whether it was a man or a woman – would suddenly feel strangely relaxed and happy, just like she did now. She walked down Gran Vía and thought how lucky she was – the room, such a beautiful day, wanting to get down to work again, to start living again. She'd barely walked a block when she stopped in a square. She was surprised that what she thought was a square actually had a street name, Calle de la Flor Baja. But that morning wasn't like any other. She'd decided that it wouldn't be like any other. She sat down at a table outside a bar, opened her diary and wrote 'Flor Baja'.

She ordered a beer. She was sure she would never go back to the old hotel in Paseo del Prado. Flor Baja could very well be the starting point for a new itinerary. She would have new interests, start new habits, perhaps her new life was beginning just at that very moment. She looked through her diary. She had arranged to have dinner with a friend that evening and had to go to an office to sort out some paperwork the next day. Suddenly the very idea of the dinner felt like torture, and it seemed as if the paperwork had just been a pretext to spend a few days in Madrid and have a change of atmosphere. She wrote down, 'Cancel dinner and send documents by post.' She looked at the things she had written down on previous days. There were sayings, suggestions, reminders to be optimistic and how to behave. She smiled as she noticed that, in a fit of fury, she had ended up striking them all out as being useless. Only two of them had escaped the carnage: 'Live for the day', and Einstein's words of condolence to a friend's widow: 'Your husband has departed this world a little ahead of me, but you know that for me, as a physicist, neither the present nor the past exist.' She couldn't remember the friend's name or his wife's, but she did remember how many times she had read

palabras como si la única destinataria fuera ella misma.
Pasado, presente . . . ¡Claro que el pasado existía! El único
problema estaba precisamente en que era pasado. Aunque a
veces se empecinara en disfrazarse de presente. Voces, risas,
frases enteras que a menudo la hacían volverse esperanzada
en un cine, en plena calle, o revolverse inquieta al despertar
de un sueño. Pero ahora . . . Llamó al camarero y pagó
apresuradamente la cerveza sin esperar el cambio. ¿Qué
estaba ocurriendo ahora?

Lo acababa de ver. A Él. El hombre que había abandonado
este mundo hacía casi ocho meses. El hombre con el que
había compartido toda una vida . . . Vestía una vieja americana
color tostado – ¡la americana de pana color tostado! – y
cruzaba con aire distraído la plaza-calle de la Flor Baja. Lo
siguió con cautela. No se engañaba. Por más que la semejanza
resultara asombrosa, sabía que sólo podía tratarse de una
ilusión. Pero aquella mañana, decidió, no era como las otras.
Lo había intuido desde el primer momento; en cuanto entró
en la habitación 404 y la sintió suya. Una mañana singular en
la que Él, ahora, tomaba Gran Vía abajo, y ella, como una
sombra, repetía sus pasos a una distancia prudencial. Al cabo
de unos segundos Él se detuvo frente a un quiosco. Le vio
entregar unas monedas, hacerse con una cajetilla de tabaco y,
enseguida, reanudar su marcha. No, se dijo. Imposible. Hacía
un montón de años que ya no fumaba. Aunque 'no existe
pasado ni presente . . .', recordó, y sólo entonces creyó
entender la razón por la que un buen día anotó la frase que
tanto le había asombrado y a la que volvería de continuo. Tal
vez, en la nueva vida, no iba a hacer otra cosa que perseguir a
cualquier desconocido que se le pareciera . . . No tuvo tiempo
de compadecerse, volver sobre sus pasos ni reconocer siquiera
que estaba actuando como una insensata. Él, fuera quien
fuera, como si notara una mirada en la nuca, acababa de

those words in amazement, as if they were meant exclusively for her. The past, the present . . . of course the past existed! The only problem lay in what exactly the past was. Sometimes it insisted on disguising itself as the present. Voices, laughter, whole sentences often made her turn around hopefully in a cinema or in the middle of the street. Just as they would make her toss and turn anxiously when waking up from a dream. But now . . . she called the waiter over and quickly paid for the beer and didn't wait for the change. What was happening now?

She had just seen him. Him. The man who had left this world almost eight months earlier. The man with whom she had shared her whole life. He was wearing an old beige jacket. That beige corduroy jacket! He was absent-mindedly crossing the square in the middle of Calle de la Flor Baja. She followed him cautiously. She was right. Although the similarity was remarkable, she knew it could only be an illusion. But that morning, she'd decided, wasn't like any other. She'd felt that immediately, as soon as she'd walked into room 404 and felt it was hers. It was a morning unlike any other and he was now walking down Gran Vía, and she was following in his footsteps like a shadow, at a sensible distance. A few seconds later, he stopped at a news-stand. She saw him hand over a few coins and pick up a packet of cigarettes, and then he moved off again. No, she said to herself, that's not possible. He gave up smoking years ago. Although 'neither the present nor the past exist', she remembered, and it was only then that she thought she understood the reason why she'd once written down that sentence to which she repeatedly returned. Perhaps, in her new life, she would do nothing more than follow any stranger who looked like him. She had no time to feel sorry for herself, to turn around or even to realize that she was behaving like a madwoman. He, whoever he was, had suddenly turned round as if her eyes were burning into the

volverse de golpe, y ella no tuvo más remedio que esconderse en un portal. Fue rápida; no llegó a descubrirla. Pero el rostro sorprendido del portero le hizo notar que su actitud era sumamente ridícula. ¿O no lo era? Se dijo a sí misma que no lo era. ¿Qué podía tener de inconveniente seguir a la persona amada? ¿Al hombre que desafiando las leyes naturales reaparecía en Madrid a plena luz, una mañana soleada, contradiciendo felizmente su propia historia?

Volvió a la calle y, por segunda vez en pocos minutos, tuvo la sensación de participar en una película. Sólo que ahora no era una figurante más, una mujer contratada para hacer bulto. Andaba con sorprendente ligereza y tenía un objetivo. No perder de vista la vieja americana; seguirla a distancia. Y por unos instantes le pareció que las gentes que circulaban en todas direcciones sabían de sus propósitos y de su meta. Por eso la miraban, se volvían a su paso, la animaban con frases de apoyo . . . Pero ¿se trataba realmente de frases de apoyo? Ya no era joven, hacía tiempo que había franqueado las puertas de la tan traída y llevada invisibilidad; tiempo en que podía moverse a sus anchas sin que nadie le prestara atención. Y sin embargo ahora, cuando más necesitaba de su indefinición o anonimato, se descubría diana de comentarios, observaciones, olvidados piropos, propuestas descaradas . . . ¿Qué estaba pasando aquella mañana en la Gran Vía? No llegó a responderse. Él, de repente, había empezado a andar a grandes zancadas y ella tuvo que echar a correr para alcanzarle. No le importaba ya que la gente la mirara ni tampoco se inmutó cuando un imbécil hizo la broma de cerrarle el paso. No podía perderlo. Sus zancadas . . . Esa era su forma de andar: a grandes zancadas. Y ahora se paraba en seco. Lo hacía a menudo. Cuando recordaba algo urgente, se paraba en seco. Ella tomó aliento y se detuvo frente al escaparate de una perfumería. Sólo

back of his head, and she had no option but to hide in a doorway. She was quick. He didn't see her. But the look on the doorman's face made her realize that she was acting ridiculously. Or was she? She told herself that she wasn't. What was wrong with following someone you love? The man who, defying all the laws of nature, had reappeared in Madrid in the full light of day one sunny morning, delightfully confounding his own past.

She walked into the street again and for the second time in a few minutes felt as if she were taking part in a film, but now she wasn't just another extra, someone to make up the numbers. She was walking surprisingly nimbly and she had an objective: not to lose sight of that old jacket; to follow it at a distance. And for a few moments she thought that the people walking around and about her realized what she was doing and were aware of her objective. That was why they were looking at her, falling into step with her, spurring her on. But were they really spurring her on? She wasn't young any more and had passed through the doors of invisibility some time ago. She could move around comfortably without anyone paying her any attention. And now, when she needed to be more anonymous and invisible than ever, she was the target of comments, remarks, flirtatious compliments, outrageous proposals. What was happening that morning on Gran Vía? Before she had time to answer her own question, he suddenly headed off taking great strides and she had to run to keep up with him. She no longer cared that people were looking at her or that some idiot jokingly tried to block her way. She couldn't lose him. Those great strides of his – that was how he walked, with great strides. Then he stopped dead in his tracks. He often used to do that. When he remembered something important he would stop dead in his tracks. She took a deep breath and stopped in front of a perfume shop. Just for a few

unos segundos, pensó. Hasta que Él reanude el paso y yo pueda seguirle sin ser vista. Pero la luna de un espejo le devolvió su imagen y ahí se quedó. Atónita. Inmóvil. Fascinada.

Porque era ella. Quién sabe cuántos años atrás, pero *era ella*. Llevaba una falda muy corta, el cabello suelto, largo. Una melena de cabello castaño, brillante. Se encontró guapa. Muy guapa. Pero ¿había sido alguna vez tan guapa? Le gustó pensar que se hallaba dentro de un sueño. Un sueño ajeno. El hombre amado, estuviera donde estuviera, la estaba soñando, y ahora ella le tomaba prestada la mirada. Así debía de verla Él en los tiempos en que se conocieron. Aquellos tiempos ya tan lejanos en los que todo parecía posible. Aspiró una bocanada de aire y tuvo la sensación de que ese instante lo había vivido ya. Escaparate, espejo, su imagen aniñada, Gran Vía en una mañana de sol . . . Un espejismo. O simplemente un efecto óptico. El sol, su reflejo, el juego de espejos, los objetos y carteles del escaparate mezclándose con su propia imagen . . .

– ¿Dónde te habías metido? – oyó de pronto.

Buscó un punto de apoyo para no caer. Él estaba allí. Alto, delgado . . . Tan joven como en la época en que se conocieron. Ahora no le cabía ya la menor duda. El chico de la americana color tostado estaba allí, detrás de ella, y acababa de cogerla por el hombro.

– Vamos, llegamos tarde. ¿No te acuerdas de que hemos quedado con Tete?

La tomó de la cintura y ella se dejó conducir como una autómata. Tete Poch. Hacía muchos años que Tete Poch había muerto. Tete fue el primero de los amigos en desaparecer, en abandonar este mundo. Pero ahora resultaba que nada de todo eso debía de haber ocurrido todavía. Tete vivía, Él no había partido aún hacia el lugar del que nunca se regresa y ella era una chica de larga melena que vestía faldas

seconds, she thought, until he moves off again and I can follow him without being noticed. But the glass in a mirror reflected her face back at her, and she just stood there fascinated, astonished, and not moving a muscle.

Because it really was her. Who could say how many years ago, but it was her. She was wearing a very short skirt, and her long, shiny chestnut hair was loose. She thought she looked pretty. Very pretty. Had she ever been so pretty? She wanted to think she was in a dream, someone else's dream. Wherever the man she loved was, he was dreaming about her and now she was looking at herself through his eyes. That's how he must have seen her around the time they met; that time, so long ago now, when anything seemed possible. She took a great big breath and had the feeling she had already experienced that moment. The shop window, the mirror, her girlish reflection, Gran Vía one sunny morning. A mirage or simply an optical illusion. The sun, her reflection, a trick of the mirror, the objects and posters in the window becoming entwined with her own reflection.

'Where did you get to?' she suddenly heard.

She put her hand out to stop herself from falling over. He was there – tall, slim and just as young as when they first knew each other. There was no longer any doubt. The boy in the beige jacket was right there, behind her, and he'd just put his hand on her shoulder.

'Come on, we're late. Don't forget, we're meeting up with Tete.'

He put his arm around her waist and she let herself be led away like an automaton. Tete Poch. Tete Poch had died years before. Tete was the first of their friends to disappear, to abandon this world. But now it seemed as if none of all this could have happened yet. Tete was still alive. He had not yet departed for the place from which there is no return, and she was a girl with long hair who wore amazingly short

asombrosamente cortas. Respiró hondo y, de nuevo, temió desvanecerse. Se mordió el labio hasta hacerlo sangrar. No era un sueño. *Aquello* estaba ocurriendo en realidad. Poco a poco fue reconociendo calles, comercios, tascas. Entraron en una que le resultó inesperadamente familiar. Conocía el lugar, había estado allí un montón de veces en otros tiempos, aunque ahora no lograra recordar el nombre. Un espejo manchado le devolvió de nuevo su imagen. Seguía guapa. Y a su lado Él, jovencísimo, con la bonita americana de pana de la que nunca quiso desprenderse y que ella, sin saber por qué, conservaba todavía en el armario.

– A Tete le han prestado un coche. Podríamos pasar el día en Segovia . . .

– Estupendo.

– ¿Qué te ocurre? No has hablado en toda la mañana.

Negó con la cabeza.

– Andabas muy deprisa . . .

Tete no había llegado aún. Mejor así. Necesitaba tiempo para asimilar lo que estaba ocurriendo. Él acababa de sacar un libro del bolsillo.

– Lo encontré ayer en una librería de viejo. Una joya.

Miró la portada. *Orestiada* de Esquilo. Se sorprendió tontamente de haber leído el título sin necesidad de gafas. En aquella época todavía no tenía la vista cansada. O tal vez sí, pero había reconocido de inmediato el libro. También seguía en casa. En las estanterías de un despacho del que no se atrevía a retirar nada. Aunque él ya no estuviera.

– Edición trilingüe – siguió orgulloso –. Griego clásico, griego moderno e inglés.

– Sí.

Él la tomó de la mano.

– A ti te pasa algo . . . ¿O es que estás preocupada por el examen?

skirts. She took a deep breath, and once again thought she might faint. She bit her lip until it bled. It wasn't a dream. This was really happening. She gradually recognized streets, shops and bars. They went into one which seemed surprisingly familiar. She knew the place. There was a time she used to go there regularly, although she couldn't now remember its name. A blotchy mirror reflected back her face. She was still pretty. And there he was beside her, very, very young, wearing that nice corduroy jacket he never wanted to take off and which she still (without knowing why) kept in the wardrobe.

'Tete's borrowed a car off someone. We could go to Segovia for the day.'

'Great.'

'What's up? You've hardly said a thing all morning.'

She shook her head.

'You were walking so quickly . . .'

Tete hadn't arrived yet. It was better that way. She needed some time to take in what was happening. He had just taken out a book from his pocket.

'I found it in an old bookshop yesterday. It's a real gem.'

She looked at the cover. *The Oresteia* by Aeschylus. She was surprised that she could read the title without her glasses. Her sight was still good back then. Perhaps, but she'd recognized the book immediately. It was still at home too, on the bookshelf in the study. She hadn't dared take anything out of that room, even though he had gone.

'It's a trilingual edition,' he said proudly. 'Classical Greek, Modern Greek and English.'

'Yes.'

He took her hand.

'Something's up with you. Or are you worried about the exam?'

57

¿El examen? ¿A qué examen se refería?

– Seguro que has aprobado, no te preocupes.

De repente empezó a recordar. Tete, un coche desvencijado, los tres en Segovia, el examen de Periodismo . . . A eso habían ido a Madrid. Ella tenía que examinarse de Periodismo y Él la había acompañado. Iban juntos a todas partes, siempre, casi desde el mismo día en que se conocieron en la Facultad de Derecho de Barcelona. Y nunca fueron novios. No les gustaba la palabra novios. La detestaban. Eran amigos. Eso es lo que decían. Amigos con mayúsculas. Una amistad que a nadie sorprendió que años después terminara en boda. Aunque tampoco les gustaba la palabra matrimonio. Ni menos aún marido o esposa. Les sonaba solemne, adocenado. Pero en esa época, la de Tete, la de las escapadas a Madrid, la de los exámenes de Periodismo, si alguien les hubiera preguntado, habrían respondido: AMIGOS.

– Voy un momento al baño – dijo ella y le acarició la mejilla.

La mejilla . . . ¡Dios mío!, ¡el calor de su mejilla! Tuvo miedo de romper a llorar, de emocionarse, de decir algo fuera de lugar y estropear el prodigioso encuentro. Se levantó y añadió: 'Enseguida vuelvo.' No necesitó preguntar ni reparar en la flecha indicadora (SERVICIOS. TELÉFONOS) porque hacía ya rato que reconocía el lugar como si hubiera estado el día anterior. Bajó un par de escalones y se volvió hacia la mesa. Tete acababa de llegar. En aquel momento se abrazaban. ¡Él y Tete se abrazaban! Y ahora sí lloró. Lagrimas de una felicidad que había olvidado. El rímel se le metió en un ojo y tuvo que seguir bajando casi a tientas. Al llegar al baño se mojó la cara. Necesitaba despejarse y recomponer su imagen. Aparentar despreocupación, alegría. Pensar que tenían aún toda una

The exam? What exam?

'I'm sure you've passed. Don't worry.'

She suddenly began remembering: Tete, a beaten-up old car, the three of them in Segovia, the journalism exam. That's why they'd gone to Madrid. She had to take an exam in journalism and *he'd* gone with her. They went everywhere together, almost from the first time they met at the Faculty of Law in Barcelona. They were never boyfriend and girlfriend. They didn't like those words. They hated them. They were friends. That's what they used to say. 'FRIENDS' in capital letters. No one was surprised that some years later the friendship turned into marriage, although they didn't like the word 'marriage' either and 'husband' and 'wife' even less. They thought they sounded formal and boring. If anyone had asked them what they were back then, at the time when Tete was around and when they used to go to Madrid and when she was taking the journalism exam, they would have said 'FRIENDS'.

'I'm just going to the toilet,' she said, and she stroked his cheek.

His cheek . . . Goodness, his cheek was warm! She was scared she would burst into tears, get emotional, say something out of place and spoil the marvellous encounter. She got up and added, 'I'll be back in a minute.' She didn't need to ask where the toilets were or stop and look at the sign ('TOILETS. TELEPHONE') because she knew exactly where she was. It was as if she had been there just the day before. She went down a couple of steps and turned back to look at the table. Tete had just arrived, and they were giving each other a hug. They were giving each other a hug! Then she did burst into tears. Tears of joy, tears of forgotten joy. Her mascara had run into one eye and she had to almost feel her way down to the toilets. She splashed some water on her face when she got there. She needed to clear her head and sort herself out. She had to look

vida por delante . . . Y si a ellos les sorprendía su aspecto o adivinaban que había llorado, les diría simplemente: 'El maldito rímel. No sé por qué me pinto.' Había sido así, lo recordaba de pronto con toda nitidez, palabra por palabra. 'El maldito rímel. No sé por qué me pinto . . .' Como también que aquella mañana que tan milagrosamente le era dado revivir, los ojos le picaron durante un buen rato, fueron a una farmacia, compraron colirios (¿Mirazul?, ¿Visadrón?), subieron al coche prestado y cantaron durante todo el viaje – en aquella época ir a Segovia era todo un viaje – canciones de guerra, himnos, poemas prohibidos . . . Tan prohibidos como el hecho de que ella, a los veinte años de entonces, se encontrara en un coche con Tete y con Él, libres como pájaros, despreocupados, alegres, mientras sus padres, en Barcelona, la creían pasando un examen o estudiando. ¡Bendita época sin móviles! Se secó la cara con una toalla (todavía los rollos de papel no habían invadido los servicios) y subió los escalones de dos en dos. Estaba preparada. Conocía el guion. Y era feliz. La chica más feliz del mundo. Aunque siguiera llorando lágrimas negras y, por unos instantes, al restregarse los ojos, no viera otra cosa que una inmensa nube gris. ¡Maldito rímel!

Por un momento pensó que se había equivocado. Que la tasca disponía de otra sala o que los servicios eran compartidos por dos locales distintos. Pero allí sólo había una escalera y un bar desangelado con una inmensa barra, algunos clientes y una docena de mesas apiñadas de cualquier modo en una esquina. Preguntó a un camarero con un hilo de voz: 'Los chicos . . . Esos chicos que estaban aquí hace un momento . . . .' El hombre se encogió de hombros sin comprender. Ella se apoyó en la pared. ¿Dónde se habían

happy and carefree and think there was still a whole life ahead
of them. If they were surprised at how she looked or guessed
that she'd been crying, she would simply say, 'Bloody mascara. I
don't know why I bother with make-up.' She suddenly
remembered that this was exactly what had happened. She
remembered it clearly, word for word. 'Bloody mascara. I don't
know why I bother with make-up.' She also clearly
remembered that, on that morning she'd miraculously been
allowed to relive, her eyes had stung for a long time and they
went to a chemist's and bought eye drops (which brand was
it?). Then they all got into the borrowed car and sang songs the
whole way. Back then it was quite a journey to get to Segovia.
They sang war songs, anthems, banned lyrics that were just as
forbidden as the fact that she, a girl of twenty years of age at
the time, should be in a car with Tete and him, as free as birds,
happy and carefree, while her parents in Barcelona thought she
was taking an exam or studying. What a charmed life they'd led
before mobile phones. She dried her face with a towel (paper
towels still hadn't invaded the toilets) and went up the steps
two at a time. She was ready. She knew the script and she was
happy. She was the happiest girl in the world, even though her
mascara was still running and, for a moment, when she rubbed
her eyes, she could see only a grey mist. Bloody mascara!

For a second, she thought she'd made a mistake and that the
bar had another room or that the toilets were shared between
two different premises. But there was only one staircase and
upstairs there was a soulless bar with an enormous counter, a
few customers and a dozen tables piled up any old how in a
corner. 'Where are the young men who were here a short
while ago?' she asked a waiter in a quavering voice. The man
shrugged and didn't understand. She leaned against the wall.
Where had they gone? How could they leave her behind?

metido? ¿Cómo podían haberla olvidado? Una chica muy joven le ofreció su asiento. '¿Se encuentra bien, señora?' Ella negó con la cabeza. 'Parece desorientada,' dijo el camarero. 'Hace rato que ha entrado . . . Y se ha dirigido directamente a los servicios.' La chica le habló de nuevo suavemente, alto y muy despacio, como si fuera extranjera y le costara entender: '¿Sabe dónde vive? ¿Quiere que llamemos a un taxi?'. No respondió. Abrió el bolso, sacó un espejo de mano y se contempló durante unos instantes sin sorpresa. A lo lejos, como un zumbido, oyó voces interesándose por lo que ocurría y otra vez a la joven, pidiendo una servilleta con cubitos de hielo y tranquilizando a los curiosos.

– Nada . . . Una señora que no se encuentra muy bien.

Volvió al hotel, a la habitación-apartamento que tanto le había gustado aquella misma mañana. 'Pasado, presente,' recordó. 'No hay pasado, no hay presente . . .' El presente se había asomado hoy a su pasado. O al revés, retazos del pasado habían aflorado en su presente . . . Abrió la maleta. Ellos, en estos momentos, estarían ya camino de Segovia. Y de nuevo la pregunta: ¿cómo podían haberla olvidado? Pero los trenes de alta velocidad le permitirían alcanzarlos, plantarse en su destino antes incluso de que ellos lo hicieran. Tiempos del presente contra tiempos del pasado. Nada estaba perdido todavía. Porque ahora, una vez más, lo recordaba todo a la perfección. Una casa de comidas, vino a voluntad, la búsqueda de una pensión económica para pasar la noche. No importaban los nombres ni la situación exacta. Recorrería uno a uno restaurantes, fondas, mesones o ventas hasta dar con ellos. Mejor dejar la maleta en recepción, viajar sin equipaje, no perder un solo segundo más, tomar un taxi y dirigirse a Chamartín . . . ¡Los alcanzaría! Y se introduciría de nuevo en aquella deliciosa jornada de hacía ya tanto. Tete, Él y ella . . . Con toda una vida por delante.

A young woman offered her a seat and asked, 'Are you OK?'
She shook her head. 'She seems confused,' said the waiter.
'She came in a while ago and went straight to the toilets.' The
young woman spoke to her gently, very slowly and in a loud
voice as if she were a foreigner who found it difficult to
understand. 'What's your address? Shall we call a taxi for
you?' She didn't reply. She opened her handbag and took out a
small mirror and looked at herself in it for a moment. She
wasn't surprised. In the distance she could hear a hum of
voices wondering what was going on and the young woman
asking for a napkin with some ice cubes and talking to the
onlookers.

'It's all right. The lady doesn't feel very well.'

She went back to the hotel, to the apartment-room she had
liked so much that morning. The past, the present, she
remembered. There is no past and there is no present. Today,
the present had slipped into her past. Or was it the other way
round and fragments of her past had surfaced in the present?
She opened her suitcase. By this time they would already be on
the way to Segovia. Once more she wondered how they could
have left her behind. But taking the high-speed train would
mean she could overtake them and get there before they did.
The present racing against the past. Not everything was lost yet
because, once again, she remembered everything perfectly well:
the restaurant, as much wine as you could drink, searching out
a cheap hotel for the night. The names and the exact locations
didn't matter. She would go to each and every restaurant, inn,
tavern or hostelry until she found them. It would be best to
leave her suitcase down at reception and travel without any
luggage. There wasn't a second to lose. She would take a taxi
and go to Chamartín station. She'd catch up with them and
would reappear in that delightful day from so long ago. Tete,
him and her, with their whole lives ahead of them.

La llave se le escurrió de las manos y el número bailoteó unos segundos en el suelo. Sonrió: 'Ocho meses, oxígeno, cuatro más cuatro, infinito . . .' Se agachó, recogió la llave y no tardó en oírse a sí misma, a sus pensamientos de hacía un rato, a la frustración o al desconsuelo que acompañaban la pregunta: '¿Cómo pueden haberme olvidado?' Pero también, mientras se apoyaba en la cama para ponerse en pie, agradeció el milagro de haber viajado en el tiempo: la esperanza de que si *eso*, fuera lo que fuera, había ocurrido, podía repetirse; la adhesión a las palabras de Einstein convertidas en mantra. 'No existe pasado, no existe presente.' Y la repentina seguridad de que en algo – algo muy importante – se había equivocado. Porque no la habían olvidado. ¿Cómo pudo ocurrírsele semejante estupidez? ¡Claro que no la habían olvidado! Allí estaban los tres. Juntos en la carretera, a bordo de un desvencijado coche prestado, cantando y riendo. ¡Libres! Esa jornada de hacía un montón de años, que había revivido por unos instantes, no había terminado aún. Apretó la llave como si fuera un amuleto. 404. Oxígeno. Cuatro más cuatro ocho. El infinito era un ocho tumbado . . . Abrió la mano sin darse cuenta; la llave se deslizó de nuevo y se puso a bailotear sobre el suelo. Pero esta vez le pareció que se burlaba. *La nueva vida, la nueva vida, la nueva vida* . . .

Se sentó junto a la mesa-tocador y se miró al espejo. No iría a ninguna parte. El pasado seguía un guión de hierro; no admitía improvisaciones. Y, dijera lo que dijera Einstein, pasado y presente eran dos espacios irreconciliables. Había estado a punto de cometer una locura; toda la mañana había sido un disparate. Todavía, si cerraba los ojos, podía verlos y oírlos. Los cantos, el coche, la carretera . . . Pero si los abría, volvía a encontrarse con su rostro cansado. Eso era lo que le ofrecía la nueva vida: de poco le iba a servir burlar el reloj e intentar apropiarse de tiempos que ya no le pertenecían. Por

The key slipped out of her hand and clattered on the floor. She saw the number on the key fob and smiled. 'Eight months, oxygen, four plus four, infinity.' She knelt down, picked up the key and couldn't help recalling her own thoughts from just a short while ago, her frustration or despair at her question: 'How could they leave me behind?' But also, as she was leaning against the bed to help herself get up, she was grateful for the miracle of time travel: the hope that, if *that* (whatever it was) had happened, it could happen again; clinging to Einstein's words, which had become a mantra: 'There is no past and there is no present.' Suddenly she understood that she'd made a mistake about something very important. They hadn't left her behind. How could she have thought something so ridiculous? Of course they hadn't left her behind. There they were, the three of them, together on the road in an old banger someone had lent them, singing and laughing. They were free! That day from years and years back, that she had experienced again just for a few moments, was not over. She squeezed the key as if it were an amulet. 404. Oxygen. Four plus four equals eight. Infinity was a figure 8 on its side. She opened her hand without realizing it; the key slipped from it once more and clattered on the floor. But now she thought it was mocking her. *A fresh start. A fresh start. A fresh start.*

She sat down at the dressing table and looked at herself in the mirror. She wouldn't go anywhere. The past had a cast-iron script and there could be no improvisation. Whatever Einstein said, the past and the present were two irreconcilable spaces. She had been on the verge of doing something crazy; the whole morning had been completely ridiculous. If she closed her eyes she could still see and hear them – the songs, the car and the road – but if she opened her eyes she saw her tired old face again. That's what her new life was offering her. It would be no use trying to cheat the clock and steal back

un momento se vio a sí misma sudorosa, extenuada, hallando al fin el mesón en que los tres amigos charlaban animadamente y ocupando con la mayor discreción una mesa cercana donde observarlos y aguardar a que, por segunda vez, se obrara el milagro. Pero ahora sí se sintió ridícula. Una entrometida. Una ladrona. Una perfecta aguafiestas. Porque ellos, los tres, tenían veinte años, gozaban de su juventud, vivían el momento . . . Y lo que todavía resultaba más obvio: no la necesitaban para nada. A ella. Una mujer de sesenta, inmóvil frente a un espejo, que a ratos, de vez en cuando, no se encontraba muy bien.

times that didn't belong to her any more. For a moment she saw herself, exhausted and in a sweat, finally finding the bar where the three friends were cheerfully chatting away, and discreetly sitting down at a nearby table to watch them and to wait for the miracle to work its magic once again. But now she felt ridiculous. She felt like an intruder, an interloper, a gooseberry, because those three were twenty years old; they were young and living for the moment. And what was now clearer than ever: they didn't need her for anything. They didn't need a sixty-year-old woman staring into a mirror who sometimes, occasionally, didn't feel very well.

JAVIER MARÍAS

Un sentido de camaradería

Salí a fumar un cigarrillo, el cura se estaba alargando.
Me acerqué hasta la balconada, ante mis ojos el campo
de Ronda, una gran extensión dominada desde lo alto
pero no muy alto, una visión en cinemascope, se sentía
la anchura más que la altura, una vista parecida a la que
había contemplado otras veces desde el hotel famoso
con la estatua negra e incongruente del poeta Rilke a la
espalda, también le enseñan a uno su habitación no
alquilable, un minúsculo museo. Apoyé el pie sobre el
barandal inferior de la balconada, mi pie un poco alzado,
encendí el pitillo contra el viento sin trabas, o era sólo un
aire fuerte que estimulaba y no molestaba, el de un día
despejado de primeros de marzo, todavía invierno para el
calendario.

   Como si lo hubiera animado o contagiado – casi nunca se
sale una sola persona de los actos públicos, se sale una y otras
la imitan envalentonadas, aunque sea en mitad de un concierto
o de una conferencia, el erudito o el músico balbucean un
instante y se descorazonan, sus palabras o sus notas sin querer
vacilan y un segundo se hunden –, otro hombre salió tras mis
pasos, no se demoró ni diez segundos. Apoyó un pie pequeño
lo mismo que yo, sobre el barandal, a una distancia de tres
zancadas a mi izquierda, sacó un mechero brillante que habría
de andar recargando, guareció la llama con su mano.

A Sense of Camaraderie

I went outside to smoke a cigarette, well, the priest *was* going on a bit. I stepped out onto the mirador, where the whole Ronda landscape lay before me, a vast expanse seen from on high, although not so very high, more a vision in cinemascope where one was conscious more of breadth than of height, similar to the view I'd seen on other occasions from the famous Ronda hotel which has, in its gardens, a dark, incongruous statue of the poet Rilke – they'll even show you the room where he stayed and which they've turned into a minuscule museum. I rested one foot on the lower part of the balustrade, my foot slightly raised, and lit a cigarette despite the unfettered wind, or perhaps it was just a strong breeze, stimulating rather than irksome, the kind of breeze you get on a bright, early March day, when it's still winter, according to the calendar.

Another man came out after me, barely ten seconds later, as if I had encouraged or infected him, because it's rare for just one person to leave a public event, others usually take courage from such a departure and follow suit, even right in the middle of a concert or a lecture, and the poor abandoned scholar or musician stumbles and feels momentarily disheartened and, despite himself, his words or his notes waver and, for a second, falter. Like me, that other man placed one small foot on the balustrade, about three paces to my left, took out a shiny lighter, the rechargeable kind, and cupped the flame with his hand.

– Ese cura se está alargando – dijo –, parece que hay para rato. – En seguida le noté el acento andaluz, pero no muy pronunciado, como corregido y controlado, seguramente era alguien que casi lograba disimularlo cuando no estaba en su tierra y que lo recuperaba fácil cuando volvía a ella, un hombre mimético e indeciso –. No sé yo por qué tiene que haber tanta homilía. – Pensé que no era esa seguramente la palabra apropiada para las disquisiciones más o menos matrimoniales que estaba soltando aquel cura verboso a los contrayentes, pero hace mucho que no voy por iglesias e ignoro el término exacto, amonestaciones, admoniciones, no, eso me suena que las reciben antes los novios, sean lo que sean, que no tengo idea.

– Hombre – dije –, el cura tiene que aprovechar sus oportunidades. Para una vez que se le habrá llenado el templo . . .

– No se crea – respondió el individuo –, aquí en el sur no andan tan despojados como en otros sitios. Me llamo Baringo Roy. ¿Es usted del novio o de la novia?

Me pregunté si habría querido decir lo que había dicho o si le había salido por 'despoblados'. Había soltado sus dos apellidos con naturalidad y sin énfasis, como si fuera un árbitro de fútbol, como quien acostumbra a utilizarlos siempre, García Lorca o Sánchez Ferlosio. Sólo que llamándose de primero algo tan infrecuente como Baringo, no veía uno necesidad de segundo.

– De ninguno de los dos, supongo. He venido desde Madrid acompañando a una amiga que no conduce. Ella es prima del novio, pero yo no los había visto nunca hasta ahora, ni a él ni a la novia. Bueno, aún no les he visto las caras siquiera, sólo avanzar por la nave y luego ante el altar, de espaldas.

Se volvió hacia mí, hasta aquel momento sólo había

'That priest is going on a bit,' he said, 'and he looks set to talk for a good while yet.' I immediately noticed his Andalusian accent, although it wasn't very pronounced, as if he corrected and controlled it, he was doubtless someone who could disguise it almost completely when not in Andalusia and easily recover it when he returned, an imitative, indecisive fellow. 'I really don't see the need for such a long homily.' I felt sure that 'homily' wasn't the right word for that verbose priest's semi-matrimonial meanderings addressed to the bride and groom, but I haven't been to church in a long time and don't know the exact terminology, was it admonishment or admonition, or is that something that happens before the couple are married, I've no idea really. I said:

'He has to make the most of his opportunities; he won't often have a full church.'

'You'd be surprised,' the man answered. 'Here in the South, churches aren't as depopulated as they are elsewhere. My name's Baringo Roy, by the way. Are you on the bride's side or the groom's?'

I again wondered if he had intended to say what he said and if 'depopulated' was the right word. Had he meant 'unpopular'? He had given his two surnames naturally and unemphatically, as if he were accustomed to giving both, like a football referee for example, or García Lorca or Sánchez Ferlosio. Although with such an unusual first surname, Baringo, it was hard to see why he would need a second.

'Neither, I suppose. I've just driven up from Madrid, giving a lift to a friend of mine who doesn't drive. She's a cousin of the groom, but I'd never seen either bride or groom until now. I still haven't seen their faces, not properly, or only when they each walked down the aisle, otherwise I've only seen them from behind as they were standing at the altar.'

Up until then he had only imitated my posture, placing one

imitado mi postura, el pie sobre el barandal mirando al frente a los campos anchos y amenos, ladeando un poco el cuello al presentarse, sin llegar a torcerlo.

– Ah, esa prima guapita de Madrid, ya la he visto – dijo –. Cómo se llama, María, ¿no? Me la han presentado hace un instante.

– Sí, esa guapita – contesté, y pensé que el diminutivo no le habría sentado muy bien a ella, de haberlo oído. Ya se lo contaría yo, para burlarme un poco –. Y usted qué, de la novia – añadí, proponiéndolo más que preguntándolo. Lo dije por corresponder, me traía sin cuidado, no sentía curiosidad alguna por aquella gente, sólo estaba haciéndole un favor a María, que va mucho a bodas, yo no voy nunca, si me toca me escurro y mando en mi lugar un buen regalo.

– Bueno – respondió Baringo –, soy de los dos, a los dos los trato. Pero más de la novia en realidad, la conocía ya de antes. No mucho antes que a él, pero sí algo antes. Y a ella la conocí también antes, antes de que la conociera él, me refiero.

Como no prestaba atención apenas, aquello me pareció un lío, pero no estaba dispuesto a que me lo aclarara, me traía sin cuidado, la gente da a menudo demasiadas explicaciones sin que se las pida nadie, hay mucha a la que le resulta vital puntualizar y dejar muy claras sus insignificancias ante los desconocidos, es gente con tiempo, así son los andaluces premiosos, otros son muy taciturnos y hay que arrancarles los vocablos, otros son ligeros y rápidos. Será de los premiosos, pensé, y ahora me volví también yo hacia él, por vez primera, y lo miré mejor. Era de mediana estatura y tirando a corpulento, un poco cuadrado, no tanto para sospecharle gimnasio diario, quizá era su constitución tan sólo. Llevaba unas gafas con montura de carey muy claro, le hacían los ojos chicos, un miope considerable, también le daban un aire levemente profesoral que no

foot on the lower part of the balustrade and gazing out at the broad, pleasant fields; now he turned towards me, tilting his head very slightly when he introduced himself.

'Ah, the pretty little cousin from Madrid, yes, I've met her already,' he said. 'Her name's María, isn't it? I was introduced to her just a moment ago.'

'Yes, the pretty little cousin,' I said and thought how María would have hated that diminutive. I would tell her about it later on, just to tease her. 'And you're on the bride's side,' I stated rather than asked, although I did so purely out of politeness, I really didn't care, I felt no curiosity whatsoever about these people, I was just doing María a favour, she goes to a lot of weddings, which I never do – in fact, whenever I'm invited, I tend to sneak off and send a nice present in my place.

'Well,' answered Baringo, 'I'm on both sides, since I know them both. But I'm more on the bride's side really. I met her first, before I met him. Not much before, but a bit. And before him. I mean, before *he* met her.'

I wasn't really paying attention and so what he said seemed extremely confusing, but I didn't particularly want him to clarify the matter, I wasn't interested to be honest, people often give overlong explanations without being asked, they seem to feel it's vital to provide complete strangers with a clear, detailed explanation of the most insignificant aspects of their life, they have time on their hands, at least idle Andalusians do, although some are very silent and you practically have to drag the words out of them, while others are very quick and nimble. He's the idle kind, I thought, and for the first time I turned to face him too and looked at him more closely. He was of average height and rather burly and square-set, not enough to suggest that he worked out at the gym every day, perhaps it was simply his natural build. He was wearing glasses with very pale tortoiseshell frames, which made his eyes seem smaller – he was obviously

acababa de casar con su tez muy tostada, del mismo color
que sus labios gruesos, como si ambas cosas, tez y labios,
formaran un continuum de tonalidades. Vi que iba muy
puesto incluso para asistir a una boda, e intenté descifrar en
qué consistía el exceso. No fue difícil: el corte de su traje
(también su corbata), aunque de un gris algo pálido para
estar aún en invierno, hacía pensar en un chaqué
indefectiblemente, un chaqué falso o aproximado, que le
confería un aspecto de novio suplente o segundo novio, más
que de mero invitado.

– Ya – dije, más que nada para corresponder a su pausa y
evitar que empezara a explicar su trabalenguas previo.

Al darle yo la cara él giró de nuevo, para mirar hacia la
iglesia ahora, apoyados los codos en la barandilla. Hizo
con la cabeza un gesto hacia aquella iglesia, como si la
señalara con las cejas. Ese gesto lo repitió aún dos veces
antes de hablar de nuevo, como si con él tomara carrerilla.
Dijo:

– A la novia, sabe usted, yo me la he tirado.

Debo reconocer que me hizo gracia, y quizá pensé:
Ah, un despechado. No había en el comentario tanto
desprecio ni fanfarronería cuanto un elemento de
puerilidad irresistible que estoy harto de ver en los
hombres, también alguna vez en mí mismo. No me gustan
los que alardean de esa clase de hazañas, con frecuencia
falsamente, pero en él había, en principio al menos, más
un tono de reivindicación posesiva que de simple jactancia.
Pensé: Una de dos: o esto no lo sabe nadie y él ha estallado
mientras la ve casarse, ha tenido que soltárselo a alguien –
bien elegido, no peligroso, un forastero – mientras la ve
alejarse, o bien lo sabe todo el mundo – fueron novios o
pareja, por ejemplo – y lo que él no ha soportado es que
hubiera aquí un individuo, uno de Madrid indiferente, no

seriously myopic – and gave him a vaguely professorial air, which
fitted ill with his very tanned skin, the same colour as his thick
lips, as if both skin and lips formed a continuum of colour. I
noticed that he was very smartly dressed even for a wedding, and
I tried to identify what it was that seemed so excessive. This
proved fairly easy: the cut of his suit (and his tie) – both in rather
too light a grey considering that it was still winter – inevitably
made one think of a morning coat, a fake or approximate
morning coat, which, in turn, gave him the appearance of being
a reserve or deputy groom, rather than a mere guest.

'I see,' I said, more as a response to his silence and to avoid
having him launch into an explanation of his previous
brainteaser of a sentence.

When I turned towards him, he changed position again and
stood facing the church, leaning his elbows on the balustrade. He
gestured with his head towards the church, as if pointing it out to
me with his eyebrows. He repeated this gesture twice more before
he spoke again, as if taking a run-up to what he was about to say.

He said: 'I've had it off with the bride, you know.'

I have to say that this comment rather amused me, and I may
even have thought: Ah, the thwarted lover. But his remark wasn't
so much scornful or boastful as utterly puerile, a quality I hate in
men, even in myself sometimes. I don't like men who boast
about such adventures, which usually have no basis in truth, but
in what he said, at least initially, there was more a note of
possessive revindication than mere bombast. I thought: It's one
of two things: either no one else knows about this and, when he
saw her getting married and thus moving irrevocably away from
him, he just couldn't stand it any longer and simply had to blurt it
out to someone – and he made a good choice in me, a non-
threatening stranger; or else everyone knows about it – they were
engaged once or a couple, for example – and he couldn't bear the
fact that there was someone here, someone from Madrid,

enterado de su pasado vínculo. Y como me hizo gracia su aserto, no pude evitar responder con una ocurrencia algo bromista, a menudo no sé aguantarme las bromas ni las ocurrencias.

– Bueno – dije –, imagino que no será el único.

– ¿Qué quiere decir con eso? – Se puso en guardia al instante –. No señor, no malinterprete, que no habrá muchos que puedan afirmar lo mismo.

Había ofendido el buen nombre de la novia, que, según muy antiguos cánones, él había ofendido primero ante un completo desconocido y en medio del sacramento. Cómo ha cambiado todo, pensé. Todavía no ha empezado el xxi propiamente y el noventa por ciento de la literatura española del siglo xx es ya una antigualla en sus asuntos al menos, algo tan remoto como Calderón de la Barca. Al museo, Valle y Lorca y tantos otros que vinieron luego, son ya pura arqueología.

– No, si yo no la conozco, ya le he dicho, estoy aquí de prestado. Pero vamos, que esa novia rondará los treinta, y en fin, lo normal, como todo el mundo, habrá tenido alguna experiencia. Mejorando lo presente – añadí sin poder contenerme –. ¿Lo sabe el novio?

Baringo Roy se alzó un poco las gafas con el dedo corazón de su mano izquierda, mientras con la derecha me ofrecía su cajetilla. Le cogí un pitillo, no respondió hasta que hubimos encendido ambos con su ostentoso mechero, la llama guarecida por nuestras cuatro manos del aire rondeño que corría sin impedimentos.

– Sabe y no sabe – dijo, tras acodarse de nuevo sobre la barandilla dando la espalda al paisaje –. Es un imbécil. Sabe, sabe, pero a la vez no puede ni imaginárselo. Yo a su novia, que estará ahí con su velo y su ramo venga a soltarle

completely indifferent to and uninformed about his past connection to the bride. And because his assertion amused me, I couldn't help but respond in a somewhat jokey fashion – I often find it hard to keep my humorous remarks to myself.

'Oh really,' I said, 'I can't imagine you're the only one.'

'What do you mean by that?' he said, immediately on his guard. 'Don't get me wrong now, there aren't many men who can say what I just said.'

I had besmirched the good name of the bride, which, according to certain ancient traditions, he had already besmirched in the presence of a complete stranger and in the middle of the marriage ceremony. How things have changed, I thought. Here we are at the beginning of the twenty-first century and already ninety per cent of twentieth-century Spanish literature is completely outdated, as remote as Calderón de la Barca, at least as far as sexual mores are concerned. Valle-Inclán and Lorca and all the others who came after them will soon be relegated to the museum, pure archaeology.

'No, as I said, I don't know the bride at all, I'm just here as a favour to a friend. But given that the bride is in her thirties, it's only normal that, like everyone else, she'll have had some experience. Although nothing to compare with you, I'm sure,' I said, unable to resist that final comment. 'Does the groom know?'

Baringo Roy adjusted his glasses with the middle finger of his left hand, meanwhile offering me one of his cigarettes with his right. I accepted, and he didn't respond to my question until we had both lit up, again using that ostentatious lighter, the flame cupped this time by our four hands against the Ronda wind that continued to blow untrammelled.

'Well, he does and he doesn't,' he said, again leaning his elbows on the balustrade, his back to the view. 'The man's an idiot. He does know, but at the same time he can't really get his head around it. His bride, who'll be standing there now with her

promesas – y volvió a señalar hacia la iglesia, quizá esta vez con una y no con dos cejas –, la he tenido, sabe usted, como he querido. A mis pies, de rodillas, encima, debajo, de frente, de espaldas, de lado y en ángulo. Una fiera. Conmigo, una fiera. – Y levantó un índice en dos tiempos, como dibujando una voluta en el aire.

No me caía mal aquel tipo, Baringo Roy. Quizá estaba despechado en efecto y además era algo chulo, pero más en lo que decía que en el tono empleado. No había exactamente despecho en aquel tono, ni ganas de humillar a los contrayentes. No era eso lo que lo impelía a hablar, su indiscreción parecía responder más bien al deseo de establecer una verdad en un momento crucial aunque inadecuado, de hacer constar unos hechos. No es que se expresara con desapasionamiento (había habido vehemencia, y también estima, al decir 'una fiera'), pero su tono tampoco denotaba rabia ni afán de venganza, deseo de desprestigiar la ceremonia que se celebraba en aquel instante ni rencor hacia la novia, ni hacia el novio siquiera. Tenía claro que era un imbécil, pero eso era todo, así lo había calificado como quien enuncia algo sabido y manifiesto, no tanto su opinión o su particular insulto cuanto una idea comúnmente aceptada. Y como no me caía mal aquel Baringo, seguí dejándome llevar por las bromas que suele propiciar ese sentido de camaradería que se da de inmediato entre los varones si no se atacan ni rivalizan, hoy tan mal visto ese sentido. Uno suele saber en seguida cómo son los otros porque lleva viéndolos la vida entera, lleva viéndolos desde niños, en el colegio y en la calle. Muchas veces los desaprueba o hasta los detesta al primer vistazo, pero es por lo mismo, porque uno los 've' casi siempre, los comprende o los reconoce o se reconoce, sabe que podría ser como el peor de ellos sin demasiado

veil and her bouquet making him all kinds of promises . . .' and again he indicated the church, perhaps with just one eyebrow this time, not two, 'well, I've had her every which way. Kneeling, on top, underneath, from the front, from the back, from the side, at an angle. She's a real tiger, when she's with me, that is.' And he circled one index finger twice in the air, as if drawing a spiral.

I was beginning to like Baringo Roy. Perhaps he really was angry as well as being somewhat cocky, but that was apparent more in what he said than in the tone in which he said it. There wasn't any real anger in his voice, nor any desire to humiliate the bride and groom. That wasn't what was impelling him to talk; his lack of discretion seemed to respond rather to a desire to establish the truth of the situation, to set the record straight, at a crucial, albeit inopportune moment. Not that he expressed himself dispassionately (he had pronounced the word 'tiger' with a certain vehemence, but also with a degree of respect), but his tone did not denote rage or a desire for revenge either, nor a desire to discredit the ceremony that was taking place at that very moment, nor any feelings of rancour towards the bride, or even towards the groom. He was quite clear that the groom was an idiot, but that was all, and he had said this as if stating a self-evident, widely known fact, not his own personal opinion or a private insult, but a commonly held idea. And now that I had taken a liking to Baringo, I allowed myself to be carried along by the same jokey tone, fostered by the sense of camaraderie that immediately springs up between men who are neither attacking each other nor competing, a camaraderie that is somewhat frowned upon these days. We men tend to know at once what other men are like because we've been observing them all our life, ever since we were children, at school and in the street. We often dismiss or even detest certain men on sight for the same reason, because we can see straight through them, we can understand or recognize them or recognize ourselves in

esfuerzo, al contrario: el esfuerzo lo hacemos constantemente para no ser como los peores de ellos.

Así que le dije:

– Bueno, si se pasaba de fiera a lo mejor no hace usted mal negocio con que se encargue el novio. A ver si iba usted a fatigárseme.

Me miró como a un renacuajo, aunque yo le sacaba unos cinco centímetros de estatura. Su expresión fue tan inequívoca que creí que le iba a salir ya del todo su vertiente chulesca: Qué dices chalao, algo de ese estilo. No llegó a tanto, quizá porque no era mi impertinencia probable lo que lo tenía estupefacto, sino mi consideración para él ingenua del contrayente.

– Qué novio ni qué novio, el imbécil ese. Ese duerme con patuquines, hombre.

– ¿Lo dice por inexperto? A lo mejor su fiera logra quitárselos, ¿no?

Aún me miraba como a un gusano.

– No, lo digo por imbécil, ese no tiene aprendizaje posible. Y además, ojo: he dicho una fiera, conmigo. Conmigo. Yo soy muy sexual, usted no sabe. He estado hasta con travestis.

No veía mucho la relación, intenté buscársela, por educación más que nada:

– Ya ya – dije –. Se dice que son los heterosexuales los que van con travestis . . .

– No le quepa duda – me interrumpió tajante.

Aquella extraña derivación me resultaba embarazosa, no tenía las ideas demasiado claras al respecto. Me sentía más cómodo con la fiera a solas, así que volví a Baringo y a ella.

– Lo que no entiendo entonces es por qué no está usted ahí en el presbiterio, en vez del de los patucos. ¿O es que está

them, because we know that it would not take much for us to be like the worst of them, on the contrary, we constantly have to make an effort not to be like the worst of them. And so I said:

'Well, if she is such a tiger, perhaps you're wise to pass her over to the groom. We wouldn't want you dropping with exhaustion.'

He looked at me as if I were nothing but a little squirt, even though I was about an inch and a half taller than him. His expression was so unequivocal that I thought he was about to give full vent to his cocky self and say: Watch your mouth, buddy, or some such thing. He didn't go that far though, perhaps because it wasn't my possible impertinence that astonished him, but my ingenuous concern for the groom.

'The groom? That idiot? He sleeps with his bedsocks on.'

'Do you mean he's inexperienced? That tiger of a bride might get him to take them off.'

He continued to regard me as if I were a mere worm.

'No, I mean that he's an idiot, incapable of learning anything. Anyway, I said she was a tiger when she's with me, right? With me, you understand. I'm a very sexual guy, you see. I've even been with transvestites.'

I couldn't quite see the connection here, although, out of politeness more than anything, I tried to find one:

'Ah, I see,' I said. 'They do say that it's mainly heterosexual men who go with transvestites . . .'

'You're damned right,' he said, cutting in.

I found this strange digression distinctly embarrassing and didn't really know what to think. I felt more comfortable talking about the tiger, and so I turned the conversation back to Baringo and to her.

'What I don't understand, then, is why you're not there in church instead of the guy with the bedsocks. Or are you

ya casado? No quiero ser indiscreto, pero como me está contando . . .

Baringo Roy se rió con una carcajada seca y corta, como si no quisiera dejar lugar a dudas de que era una risa sarcástica, hubo énfasis en ella. Luego resopló dos veces con sus gruesos labios del color de su carne.

– A mí no se me ha visto ni se me verá jamás en ese sitio, yo no puedo permitírmelo, yo estoy siempre del otro lado. Soy muy sexual, ya le digo, pero por eso mismo no me conviene estar nunca a mano. A mano de nadie, me entiende. Soy el que no está siempre, soy la excepción y la fiesta. No soportaría notar un día que la fiesta está en otra parte, y no me refiero ahora sólo al sexo, sino en general a todo, a la diversión, al estímulo, a lo inesperado. También al sexo, por supuesto, y no hay nada que hacer contra eso, juzgue usted: lo que no sabe ese imbécil es que hace sólo quince días también me tiré a su novia, y además ante sus ojos, como quien dice. Estábamos un grupo de amigos grande cenando en un restaurante de Sevilla, él y ella incluidos. A los postres me levanté y fui al lavabo. Ella apareció a los dos minutos, coincidimos en el pasillo, ella de ida y yo ya de vuelta. Allí mismo me la tiré en un santiamén, en el lavabo de caballeros, tiramos de pestillo y fuera.

– En un santiamén tuvo que ser, desde luego. – Tampoco pude ahorrarme este comentario, creo que en esta ocasión por estar muy impresionado.

Baringo Roy lo pasó por alto, le quedaba por decir todavía.

– Y lo que tampoco puede saber es que dentro de otros quince días, cuando hayan vuelto de su viajecito de novios, sucederá lo mismo. No necesariamente en un lavabo, claro. Contra eso no hay voluntades que valgan, eso está comprobado. Puede que hoy no lo sepa ni ella, eh, yo no digo que esté actuando como una lagarta, no, en absoluto.

already married? I don't wish to be indiscreet, but after what you've told me . . .'

Baringo Roy gave a short, sharp, emphatic guffaw, as if to make it perfectly clear that this was a sarcastic laugh. Then he twice puffed out those thick, flesh-coloured lips of his.

'I've never been seen in a church and never will be, I wouldn't let myself, no, I'm your typical outsider. Like I said, I'm a very sexual guy, and for that very reason I choose never to be too available. To anyone. I'm the guy who can't be relied on to be there, I'm the exception, the impromptu party. I would hate to find out one day that the party was going on somewhere else, and I'm not referring just to sex now, but to everything, to fun, excitement, the unexpected. And sex as well, of course, that goes without saying, don't you think. What that idiot doesn't know is that I screwed his bride just two weeks ago, and right under his nose too. We were having supper with a big group of friends in a restaurant in Seville, and the two of them were there too. After the meal, I left the table and went to the toilet. Two minutes later, she joined me, we bumped into each other in the corridor, her coming and me going back. Anyway, I had her right there, quick as a flash, in the gents' toilet, we shot the bolt on the door and away we went.'

'It would have to have been as quick as a flash.' I couldn't resist making that remark either, although this time I think I was genuinely taken aback.

Baringo Roy ignored my comment, he still had more to say.

'And what he can't know either is that in another couple of weeks' time, when they're back from their little honeymoon, the same thing will happen again. Not necessarily in a toilet, of course. But no amount of willpower can control a thing like that. She may not even know it herself at the moment, and I'm not saying she's behaving like a sly bitch, not at all. That happened

Pasó eso hace quince días, pero hace siete la llamé y no quiso ni oírme: Ya está bien, se acabó del todo, me dijo; bueno, lo normal, la influencia, la cercanía de esto. – Y volvió a hacer su gesto de cejas hacia la iglesia, aunque con menos expresividad y menos brío, quizá la señaló sólo con las pestañas –. Yo lo entiendo, hay que ponerse en situación para una cosa como esta, si no se hace todo muy cuesta arriba. Pero de aquí a quince días no podrá aguantarse, ya lo verá.

– No, dudo que yo lo vea. – Intercalé otra ocurrencia, incorregible –. Nos volvemos a Madrid esta noche, después del jolgorio.

– No, claro, usted no, era una forma de hablar. Pero lo veré yo, y lo verá también ella. Contra eso no se lucha, usted debe saberlo. Y lo que sí va a poder ver es cómo ella me mirará cuando salgan, por muy recién casada que salga. Contra eso no se lucha, ni con la mirada. Lo que pasa es que casi nadie sabe verlas, las miradas.

Hube de fijarme en la suya. No se hacía muy conspicua, ni siquiera interpretable tras aquellas gafas que le achicaban los ojos. La curiosidad sí me crecía ahora, tenía ganas de verles a los dos la cara, al imbécil y a la fiera, capaz de tirar de pestillo en un santiamén, como había dicho Baringo. Apenas si había tenido un atisbo lateral de ambos, cuando habían recorrido por separado la nave. La impresión había sido de apostura. María decía que ese primo suyo era el más guapo de todos los primos, con diferencia, y la verdad es que ella es guapita y bien guapita, y se incluía. Pero eso no tiene nada que ver con lo que el individuo estaba nombrando.

– Estaré muy atento, descuide. – Eso le dije.

Y fue entonces, justo cuando le dije eso, cuando estuve ya

two weeks ago and, when I phoned her a week later, she didn't even want to speak to me: That's all over, she said, which is perfectly normal, considering that all this was just about to happen.' And he again made that gesture towards the church with his eyebrows, although with less expression this time, less brio, in fact, he may only have used his eyelashes. 'I can understand that, because you have to prepare yourself mentally for something like this, otherwise it's really hard work. But two weeks from now, she won't be able to stand it any longer, you'll see.'

'I doubt very much if I will see actually,' I said, unable to resist making yet another wry comment. 'We drive back to Madrid tonight, after the post-wedding revels.'

'No, of course *you* won't see, that was just a manner of speaking. But I'll see and so will she. Some things you just can't fight, as I'm sure you know. What you *will* see is the way she looks at me when she comes out of the church, even if she is the newly-wed, the bride. You can't hide feelings like that, you can tell by the look in someone's eyes. The thing is, though, that so few people know how to interpret looks.'

I immediately turned to see the look in his eyes, which wasn't easy and certainly not interpretable behind those glasses that made his eyes seem smaller anyway. My curiosity was growing, I wanted to see the faces of the idiot and of the tiger, who, as Baringo put it, was capable of bolting the door and having it away as quick as a flash. I had only glimpsed the couple briefly, and from the side, when they each walked down the aisle. My impression of the groom had been one of elegance and good looks. María said that her cousin was by far the best-looking of all the cousins, and she, who is also a 'pretty little thing', was including herself when she said that. But that had nothing to do with what Baringo was talking about.

'Don't worry, I'll be watching,' I said.

And, when I said that, I already knew that I would do the

seguro de lo contrario, de que haría lo imposible por no fijarme, por no estar atento a lo que de hecho sucedería. Lo supe por la desesperada convicción del hombre, Baringo Roy se llamaba. Encendió otro pitillo con algo más de agitación e impaciencia que los dos anteriores, impaciencia consigo mismo, hasta se le olvidó ofrecerme. Creo que se le olvidó porque en aquel momento empezamos a oír los murmullos de la ceremonia acabada, y acto seguido empezaron a surgir invitados por la puerta de la iglesia, poco a poco, escalonadamente, aún habría muchos saludándose dentro o arrastrando sus pies cansados, habría de deshacerse el atasco hasta que pudieran surgir los novios y entonces la gente que se iba quedando cerca, una vez fuera, los vitoreara y les arrojara flores, esperaba que al sur no hubiera llegado la costumbre del arroz prosaico.

Baringo Roy se separó de la balconada y dio un par de pasos en cuanto vio aparecer a los invitados menos lentos. Ya no me miró ni volvió a mirarme, se había olvidado de mí y de nuestra charla al instante, sin transición alguna aquel olvido. Dio otros dos pasos en dirección a la iglesia, y tras ellos ya lo tuve ante mi vista completamente de espaldas. No le sentaba mal el chaqué falso, sólo parecía inadecuado. Tiró el cigarrillo que acababa de encender, casi intacto, se acercó un poco más, aunque aún no tanto como para que sus conocidos se dirigieran ya a él y lo incorporaran a sus corrillos, y lo distrajeran con sus conversaciones. Sólo se juntó con los grupos cuando los vimos volverse hacia el pórtico, a la vez todos, para recibir por fin la salida de los recién casados, fiera e imbécil o imbécil y fiera. Alcancé a ver que en cuanto asomaron ambos sonrientes y cogidos del brazo, Baringo Roy prorrumpió en aplausos como los demás invitados, y los suyos eran muy fuertes, no se le podía negar entusiasmo, parecía auténtico y no fingido, o era acaso la

exact opposite, that I would do everything I could not to look and not to watch what was sure to happen. I knew this because of Baringo Roy's desperate certainty. He lit another cigarette with rather more agitation and impatience than before – impatience with himself – this time even neglecting to offer me one too. I think this was because at that precise moment we began to hear murmurings indicating that the ceremony was over and, immediately afterwards, guests began to emerge from the church door, gradually, step by step, although there would still be many guests inside greeting each other or dragging their weary feet, the traffic jam would have to ease before the bride and groom could come out, and then the people hanging around outside would cheer and throw flowers. I very much hoped that the prosaic custom of throwing rice had not yet reached the South.

Baringo Roy had moved away from the balustrade and stepped forward as soon as he saw the first guests appear. He wasn't looking at me now and he didn't look at me again, he had immediately, seamlessly forgotten about me and our conversation. He took a few more steps towards the church, and by then I could see only his back. The false morning coat suited him quite well, but it still seemed inappropriate. He discarded the cigarette he had just lit, still almost intact, and moved a little closer, although not so close that any acquaintances would come over and incorporate him into their small groups and distract him with their talk. He only joined the other groups when we both saw them turn, as one, towards the door for the long-awaited appearance of the newly-weds, the tiger and the idiot or the idiot and the tiger. I noticed that, as soon as they appeared, smiling and arm-in-arm, Baringo Roy burst into applause along with all the other guests, except that he applauded more loudly, one certainly couldn't accuse him of a lack of enthusiasm, which seemed quite genuine, not put on, or perhaps it was an

devoción por ella. Entonces di media vuelta y miré otra vez hacia el campo ancho y ameno y dejé que el aire sin trabas me azotara de lleno el rostro. Ni siquiera iba a buscar con la mirada a María, de cuyo lado había huido hacía rato. No quería correr el riesgo de fijarme en la novia y comprobar con mis propios ojos que en ningún momento iba a dirigir hacia Baringo los suyos. Sabía que llegaría entre vítores hasta un automóvil engalanado y que se montaría en él con su imbécil y su larga cola sin tan siquiera acordarse de que allí estaba aquel individuo, tan pretérito de golpe, entre los invitados. No es que a él fuera a importarle que yo asistiera a esa mirada femenina ausente que en él no se detendría, Baringo Roy ya me había olvidado. Pero a mí sí me importaba y prefería no verla, porque para entonces ya estaba asentado y en marcha mi sentido de camaradería.

expression of his devotion to her. Then I turned away and gazed out at the broad, pleasant fields and allowed the unfettered breeze to strike me full in the face. I wasn't even going to try and make eye-contact with María, whom I had left behind in the church some time before. I didn't want to run the risk of looking at the bride and seeing with my own eyes that, at no point, did she direct her gaze at Baringo. I knew she would be cheered all the way to the ribbon-bedecked car and would get in, together with her idiot husband and her long train, without even once remembering that there among the guests was Baringo, abruptly relegated to the past. Not that he would care if I saw the absent female gaze that failed to linger on him, no, Baringo Roy had already forgotten all about me. But it mattered to me and I preferred not to see it, because, by then, my sense of camaraderie had become too entrenched, too deep.

MANUEL RIVAS

La lengua de las mariposas

'¿Qué hay, Gorrión? Espero que este año podamos ver por fin la lengua de las mariposas.'

El maestro aguardaba desde hacía tiempo que le enviaran un microscopio a los de la instrucción pública. Tanto nos hablaba de como se agrandaban las cosas menudas e invisibles por aquel aparato que los niños llegábamos a verlas de verdad, como si sus palabras entusiastas tuvieran un efecto de poderosas lentes.

'La lengua de la mariposa es una trompa enroscada como un resorte de reloj. Si hay una flor que la atrae, la desenrolla y la mete en el cáliz para chupar. Cuando lleváis el dedo humedecido a un tarro de azúcar ¿a que sienten ya el dulce en la boca como si la yema fuera la punta de la lengua? Pues así es la lengua de la mariposa.'

Y entonces todos teníamos envidia de las mariposas. Que maravilla. Ir por el mundo volando, con esos trajes de fiesta, y parar en flores como tabernas con barriles llenos de jarabe.

Yo quería mucho a aquel maestro. Al principio, mis padres no podían creerlo. Quiero decir que no podían entender como yo quería a mi maestro. Cuando era un 'picarito', la escuela era una amenaza terrible. Una palabra que cimbraba en el aire como una vara de mimbre.

'¡Ya verás cuando vayas a la escuela!'

The Butterfly's Tongue

'Hello there, Sparrow, how are things? Now this, I hope, will be the year when we finally get to see the butterfly's tongue.'

The teacher had been waiting some time for microscopes to be supplied to teachers like him in public schools. He had so often described to us the way in which tiny, invisible things grew bigger when looked at through a microscope that we children had actually started seeing them like that already, as if his enthusiastic words had as much effect as a powerful lens.

'The butterfly's tongue is a proboscis as tightly coiled as a watch spring. When the butterfly is drawn to a particular flower, it unrolls this proboscis and pushes it down into the calyx to suck up the nectar. When you wet your finger before putting it in the sugar bowl, can't you almost taste the sweetness already in your mouth, as if the tip of your finger was the tip of your tongue? Well, that's what the butterfly's tongue is like.'

And then we all envied butterflies. How wonderful to go flying around in those bright party clothes, calling in at flowers as if at taverns stocked with barrels full of syrup.

I really loved that teacher. At first, my parents couldn't believe it. I mean, they didn't understand how I could possibly love my teacher. When I was a kid, school was like a terrible threat, a word that thrashed through the air like a cane.

'Just you wait till you go to school!'

Dos de mis tíos, como muchos otros mozos, emigraron a América por no ir de quintos a la guerra de Marruecos. Pues bien, yo también soñaba con ir a América sólo por no ir a la escuela. De hecho, había historias de niños que huían al monte para evitar aquel suplicio. Aparecían a los dos o tres días, ateridos y sin habla, como desertores de la Barranco del Lobo.

Yo iba para seis años y me llamaban todos Gorrión. Otros niños de mi edad ya trabajaban. Pero mi padre era sastre y no tenía tierras ni ganado. Prefería verme lejos y no enredando en el pequeño taller de costura. Así pasaba gran parte del día correteando por la Alameda, y fue Cordeiro, el recolector de basura y hojas secas, el que me puso el apodo. 'Pareces un gorrión.'

Creo que nunca corrí tanto como aquel verano anterior al ingreso en la escuela. Corría como un loco y a veces sobrepasaba el límite de la Alameda y seguía lejos, con la mirada puesta en la cima del monte Sinaí, con la ilusión de que algún día me saldrían alas y podría llegar a Buenos Aires. Pero jamás sobrepasé aquella montaña mágica.

'¡Ya verás cuando vayas a la escuela!'

Mi padre contaba como un tormento, como si le arrancara las amígdalas con la mano, la manera en que el maestro les arrancaba la jeada del habla para que no dijeran ajua nin jato ni jracias. 'Todas las mañanas teníamos que decir la frase "Los pájaros de Guadalajara tienen la garganta llena de trigo". ¡Muchos palos llevábamos por culpa de Juadalagara!' Si de verdad quería meterme miedo, lo consiguió. La noche de la víspera no dormí. Encogido en la cama, escuchaba el reloj de la pared en la sala con la angustia de un condenado. El día llegó

Two of my uncles, like a lot of other young men, had emigrated to South America so as not to be sent as conscripts to the war in Morocco. Well, I too dreamed of going to South America so as not to be sent to school. In fact, stories were told of children who had fled into the hills to avoid the nightmare of school. They would turn up a few days later, frozen and dumb, like deserters from the disastrous battle of Barranco del Lobo.

I was nearly six at the time and everyone called me Sparrow. Other boys my age were already working. But my father was a tailor and had no land and no cattle. He would rather have me out of the house than cluttering up his tiny workroom, which was why I spent much of the day running up and down the Alameda, the public promenade. Cordeiro, whose job it was to sweep up the rubbish and the dry leaves, was the one who first gave me the nickname, because, he said: 'You look just like a sparrow.'

I don't think I've ever run as much as I did the summer before I entered school. I used to run like a mad thing and sometimes I would overshoot the end of the Alameda and go tearing on, with my eyes fixed on the top of Mount Sinaí, hoping that one day I would sprout wings and fly off to Buenos Aires. But I never got beyond that magic mountain.

'Just you wait till you go to school!'

My father used to describe as a terrible torment – as if his tonsils had been physically wrenched from his throat – the way in which the teacher tried to eliminate every trace of a Galician accent from the pupils' pronunciation of Spanish, and to get them to say 'agua' instead of 'ahua', 'gato' instead of 'hato' and 'gracias' instead of 'hracias'. 'Every morning we had to practise saying: "Los pájaros de Guadalajara tienen la garganta llena de trigo." The canings we got because we kept saying "Juadalagara", not "Guadalajara"!' If my father's intention was to frighten me, he succeeded. The night before my first day at school, I couldn't sleep. Huddled in my bed, I listened to the clock on the wall in

con una claridad de mandil de carnicero. No
mentiría si le dijera a mis padres que estaba
enfermo.

El miedo, como un ratón, me roía por dentro.

Y me meé. No me meé en la cama sino en la escuela.

Lo recuerdo muy bien. Pasaron tantos años y todavía
siento una humedad cálida y vergonzosa escurriendo por las
piernas. Estaba sentado en el último pupitre, medio
escondido con la esperanza de que nadie se percatara de mi
existencia, hasta poder salir y echar a volar por la Alameda.

'A ver, usted, ¡póngase de pie!'

El destino siempre avisa. Levanté los ojos y vi con espanto
que la orden iba para mí. Aquel maestro feo como un bicho
me señalaba con la regla. Era pequeña, de madera, pero a mí
me pareció la lanza de Abd el-Krim.

'¿Cuál es su nombre?'

'Gorrión.'

Todos los niños rieron a carcajadas. Sentí como si me
batieran con latas en las orejas.

'¿Gorrión?'

No recordaba nada. Ni mi nombre. Todo lo que yo había
sido hasta entonces había desaparecido de mi cabeza. Mis
padres eran dos figuras borrosas que se desvanecían en la
memoria. Miré cara al ventanal, buscando con angustia los
árboles de la alameda.

Y fue entonces cuando me meé.

Cuando se dieron cuenta los otros rapaces, las carcajadas
aumentaron y resonaban como trallazos.

Huí. Eché a correr como un loquito con alas. Corría,
corría como solo se corre en sueños y viene tras de uno el
Sacaúnto. Yo estaba convencido de que eso era lo que hacía el
maestro. Venir tras de mí. Podía sentir su aliento en el cuello
y el de todos los niños, como jauría de perros a la caza de un

the living room with all the anguish of a condemned man. The day dawned as bright as a butcher's apron. I would not have been lying if I had told my parents I was ill.

Fear, like a mouse, was gnawing at my innards.

And I peed myself, not in my bed, but at school.

I can remember it so clearly. Years have passed since then, yet I can still feel the hot, shameful liquid running down my legs. I was sitting hunched at a desk right at the back, in the hope that no one would notice me, until I could leave and race off again down the Alameda.

'You back there, stand up!'

The fate I had been dreading. I looked up and saw with horror that the order was directed at me. That hideous teacher was pointing at me with a ruler. It was only a small, wooden ruler, but to me it looked like the spear of the Berber leader, Abd el-Krim.

'What's your name?'

'Sparrow.'

All the other boys roared with laughter. It felt as if they were clattering tin cans together right by my ears.

'Sparrow?'

I couldn't remember anything. Not even my name. Everything I had been until then had vanished from my head. My parents were two blurred figures rapidly fading from my memory. I looked across at the window, hoping anxiously for a glimpse of the trees in the Alameda.

And that was when I peed myself.

When the other boys realized, their laughter grew louder and echoed round the room like whiplashes.

I fled. I started running like a mad, winged creature. I ran and ran, the way you run in dreams when the Bogey Man is right behind you. I was convinced the teacher was doing just that. Coming after me. I could feel his breath on my neck, and the breath of all the children, like a pack of hounds after a fox.

zorro. Pero cuando llegué a la altura del palco de la música y miré cara atrás, vi que nadie me había seguido, que estaba solo con mi miedo, empapado de sudor y de meos. El palco estaba vacío. Nadie parecía reparar en mi, pero yo tenía la sensación de que toda la villa estaba disimulando, que docenas de ojos censuradores acechaban en las ventanas, y que las lenguas murmuradoras no tardarían en llevarle la noticia a mis padres. Las piernas decidieron por mi. Caminaron hacia al Sinaí con una determinación desconocida hasta entonces. Esta vez llegaría hasta A Coruña y embarcaría de polisón en uno de esos navíos que llevan a Buenos Aires.

Desde la cima del Sinaí no se veía el mar sino otro monte más grande todavía, con peñascos recortados como torres de una fortaleza inaccesible. Ahora recuerdo con una mezcla de asombro y nostalgia lo que tuve que hacer aquel día. Yo solo, en la cima, sentado en silla de piedra, bajo las estrellas, mientras en el valle se movían como luciérnagas los que con candil andaban en mi búsqueda. Mi nombre cruzaba la noche cabalgando sobre los aullidos de los perros. No estaba sorprendido. Era como si atravesara la línea del miedo. Por eso no lloré ni me resistí cuando llegó donde mi la sombra regia de Cordeiro. Me envolvió con su chaquetón y me abrazó en su pecho. 'Tranquilo, Gorrión, ya pasó todo.'

Dormí como un santo aquella noche, pegadito a mamá. Nadie me reprendió. Mi padre se había quedado en la cocina, fumando en silencio, con los codos sobre el mantel de hule, las colillas amontonadas en el cenicero de concha de vieira, tal como pasara cuando había muerto la abuela. Tenía la sensación de que mi madre no me había soltado de la mano en toda la noche. Así me llevó, agarrado como quien lleva un serón en mi vuelta a la escuela. Y en esta ocasión, con

Yet, when I reached the bandstand and looked back, I saw that no one had followed me, that I was alone with my fear, drenched in sweat and pee. The bandstand was empty. No one seemed to be taking any notice of me, but I had the feeling that the whole village was just pretending, that dozens of censorious eyes were spying on me from behind every window, and that gossiping tongues would soon carry the news to my parents. My legs decided for me. They set off towards Mount Sinaí with a determination hitherto unknown. This time I would get to A Coruña and stow away on one of those ships bound for Buenos Aires.

I couldn't see the sea from the top of Sinaí, only another even bigger mountain, with crags that stood out like the towers on some inaccessible fortress. What I did that day I now remember with a mixture of astonishment and nostalgia. Alone, on top of the mountain, sitting on that seat of stone beneath the stars, while in the valley below the kerosene lamps of the people searching for me flickered like fireflies. My name rode through the night on the back of the dogs' barking. I was quite unmoved by it all. It was as if I had crossed the line of fear. That's why I didn't burst into tears or resist when Cordeiro's sturdy shadow appeared by my side. He put his jacket round me and picked me up. 'Don't worry, Sparrow, it's over now.'

That night I slept like a baby, snuggled up to my mother. No one scolded me. My father, just as he had when my grandmother died, stayed in the kitchen, his elbows resting on the tablecloth, as he silently smoked cigarette after cigarette, filling the scallop shell ashtray with butts. It seemed to me that my mother did not let go of my hand all night. And, still holding my hand, she took me back to school, like someone carrying a basket. And this time, my heart was serene enough

corazón sereno, pude fijarme por vez primera en el maestro. Tenía la cara de un sapo.

El sapo sonreía. Me pellizcó la mejilla con cariño. '¡Me gusta ese nombre, Gorrión!' Y aquel pellizco me hirió como un dulce de café. Pero lo más increíble fue cuando, en el medio de un silencio absoluto, me llevó de la mano cara a su mesa y me sentó en su silla. Y permaneció de pie, agarró un libro y dijo:

'Tenemos un nuevo compañero. Es una alegría
para todos y vamos a recibirlo con un aplauso.'
Pensé que me iba a mear de nuevo por los pantalones,
pero sólo noté una humedad en los ojos. 'Bien, y ahora,
vamos a comenzar con un poema. ¿A quién le toca?
¿Romualdo? Ven, Romualdo, acércate. Ya sabes, despacito
y en voz bien alta.'

A Romualdo los pantalones cortos le quedaban ridículos. Tenía las piernas muy largas y oscuras, con las rodillas llenas de heridas.

Una tarde parda y fría . . .

'Un momento, Romualdo, ¿qué es lo que vas a leer?'
'Una poesía, señor.'
'¿Y cómo se titula?'
'Recuerdo infantil. Su autor es don Antonio Machado.'
'Muy bien, Romualdo, adelante. Despacito y en voz alta. Repara en la puntuación.'

El llamado Romualdo, a quien yo conocía de acarrear sacos de piñas como niño que era de Altamira, carraspeó como un viejo fumador de picadura y leyó con una voz increíble, espléndida, que parecía salida de la radio de Manolo Suárez, el indiano de Montevideo.

for me to be able to look at the teacher properly for the first time. He had a face like a toad.

The toad smiled. He pinched my cheek affectionately. 'I like that name of yours, Sparrow.' And the pinch left a bitter-sweet taste like a coffee caramel. But the most extraordinary thing of all was that, in the midst of the most absolute silence, he led me by the hand to his desk and sat me down on his chair. He remained standing, picked up a book and said:

'Today we have a new classmate. This is a cause of great joy to us all, and I'd like us to greet him with a round of applause.' I thought I was going to pee my pants again, but the only moistness I felt was in my eyes. 'Right, we're going to start with a poem. Whose turn is it? You, Romualdo? Come on, then, come over here. Now you know what to do, read nice and slowly and in a good, loud voice.'

Romualdo looked ridiculous in his short trousers. He had very long, dark legs and his knees were all covered in grazes.

A dull, dark, cold afternoon . . .

'One moment, Romualdo, what is it you're going to read?'
'A poem, sir.'
'And what's it called?'
'*Childhood Memory* by Antonio Machado.'
'Excellent, Romualdo, off you go. Slowly and in a good, loud voice. And pay attention to the punctuation.'

Romualdo, whom I knew from having seen him carrying sacks of pinecones like other boys from Altamira, cleared his throat like a veteran pipe-smoker and then read in an amazing, splendid voice, the sort of voice you might hear on the new radio owned by Manolo Suárez, who had emigrated to Montevideo and returned a rich man.

Una tarde parda y fría
de invierno. Los colegiales
estudian. Monotonía
de lluvia tras los cristales.
Es la clase. En un cartel
se representa a Caín
fugitivo, y muerto Abel,
junto a una marcha carmín . . .

'Muy bien. ¿Qué significa monotonía de lluvia, Romualdo?'
preguntó el maestro.

'Que llueve después de llover, don Gregorio.'

'¿Rezaste?' preguntó mamá, mientras pasaba la plancha por la
ropa que papá cosiera durante el día. En la cocina, la olla de
la cena despedía un aroma amargo de nabiza.

'Pues si,' dije yo no muy seguro. 'Una cosa que hablaba de
Caín y Abel.'

'Eso está bien,' dijo mamá. 'No sé por qué dicen que ese
nuevo maestro es un ateo.'

'¿Qué es un ateo?'

'Alguien que dice que Dios no existe.' Mamá hizo un gesto
de desagrado y pasó la plancha con energía por las arrugas de
un pantalón.

'¿Papá es un ateo?'

Mamá posó la plancha y me miró fijo.

'¿Cómo va a ser papá un ateo? ¿Cómo se te ocurre
preguntar esa pavada?'

Yo había escuchado muchas veces a mi padre blasfemar
contra Dios. Lo hacían todos los hombres. Cuando algo iba
mal, escupían en el suelo y decían esa cosa tremenda contra
Dios. Decían dos cosas: Cajo en Dios, cajo en el Demonio.
Me parecía que sólo las mujeres creían de verdad en Dios.

A dull, dark, cold afternoon
in winter. The children
are studying. A monotony
of rain outside the windows.
It's lesson time. A poster
depicts a fleeing Cain
and Abel dead
beside a crimson stain . . .

'Excellent. Now what exactly does "A monotony of rain" mean, Romualdo?' asked the teacher.

'That it never rains but it pours, Don Gregorio.'

'Did you pray?' Mama asked me, while she was pressing the clothes that Papa had made during the day. In the kitchen, the supper pot gave off an acrid smell of boiled turnip tops.

'I think so,' I said uncertainly. 'Something about Cain and Abel.'

'That's good,' said Mama. 'I don't know why there's all this gossip about the new teacher being an atheist.'

'What's an atheist?'

'Someone who says that God doesn't exist.' Mama pulled a disapproving face and energetically ironed out the creases in a pair of trousers.

'Is Papa an atheist?'

Mama put down the iron and stared at me.

'How could Papa possibly be an atheist? How can you ask such a stupid thing?'

I had often heard my father blaspheme against God. All the men did. When anything went wrong, they would spit on the floor and promptly take God's name in vain, or, indeed, the name of the Devil. Goddammit, they would say, or Devil take it. It seemed to me that only women really believed in God.

'¿Y el Demonio? ¿Existe el Demonio?'

'¡Por supuesto!'

El hervor hacía bailar la tapa de la olla. De aquella boca mutante salían vaharadas de vapor e gargajos de espuma y berza. Una mariposa revoloteaba en el techo alrededor de la lámpara eléctrica que colgaba de un cable trenzado. Mamá estaba enfurruñada como cada vez que tenía que planchar. Su cara se tensaba cuando marcaba la raya de las perneras. Pero ahora hablaba en un tono suave y algo triste, como si se refiriera a un desvalido.

'El Demonio era un ángel, pero se hizo malo.'

La mariposa batió contra la lámpara, que osciló ligeramente y desordenó las sombras.

'El maestro dijo hoy que las mariposas también tienen lengua, una lengua finita y muy larga, que llevan enrollada como el resorte de un reloj. Nos la va a enseñar con un aparato que le tienen que mandar de Madrid. ¿A que parece mentira eso de que las mariposas tengan lengua?'

'Si él lo dice, es cierto. Hay muchas cosas que parecen mentira y son verdad. ¿Te gusta la escuela?'

'Mucho. Y no pega. El maestro no pega.'

No, el maestro don Gregorio no pegaba. Por lo contrario, casi siempre sonreía con su cara de sapo. Cuando dos peleaban en el recreo, los llamaba, 'parecen carneros', y hacía que se dieran la mano. Luego, los sentaba en el mismo pupitre. Así fue como hice mi mejor amigo, Dombodán, grande, bondadoso y torpe. Había otro rapaz, Eladio, que tenía un lunar en la mejilla, en el que golpearía con gusto, pero nunca lo hice por miedo a que el maestro me mandara darle la mano y que me cambiara junto a Dombodán. El modo que tenía don Gregorio de mostrar un gran enfado era el silencio.

'Si ustedes no se callan, tendré que callar yo.'

'And what about the Devil? Does the Devil exist?'

'Of course he does!'

Fervid boiling was making the lid on the pot dance. Steam belched forth from the mutant mouth, along with gobbets of foam and greens. A moth was fluttering about near the ceiling, round the light bulb hanging from its plaited cable. Mama was a bit irritable as she always was when she had to do the ironing. Her face tensed up whenever she did the creases in the legs of the trousers. But now she was talking in a gentle, rather sad tone of voice, as if she were discussing some poor, helpless creature.

'The Devil was once an angel, but he turned bad.'

The moth collided with the light bulb, which swayed slightly and disarranged the shadows.

'Today, the teacher told us that butterflies have a tongue just like us, only it's ever so long and thin and they keep it rolled up like a watch spring. He's going to show it to us on a machine that's being sent from Madrid. I can't believe that butterflies have tongues, can you?'

'If the teacher says they do, then it must be true. There are lots of truths that seem like lies. Did you enjoy school?'

'Oh, yes. And he doesn't hit us. The teacher doesn't hit us.'

No, the teacher, Don Gregorio, did not hit the pupils. On the contrary, his toad-like face was nearly always smiling. If he came across two boys fighting during recess, he would call them over and say 'you're behaving just like a pair of rams' and then he'd make them shake hands. Afterwards, he would sit them at the same desk. That was how I met my best friend, big, kind, clumsy Dombodán. There was another boy, Eladio, who had a mole on one cheek, whom I would gladly have thrashed, but I never did so for fear that the teacher would make me shake his hand and move me from my place beside Dombodán. Don Gregorio's way of showing extreme anger was silence.

'If you won't be quiet, then I will.'

Y iba cara al ventanal, con la mirada ausente, perdida en el Sinaí. Era un silencio prolongado, desasosegante, como si nos dejara abandonados en un extraño país. Sentí pronto que el silencio del maestro era el peor castigo imaginable. Porque todo lo que tocaba era un cuento atrapante. El cuento podía comenzar con una hoja de papel, después de pasar por el Amazonas y el sístole y diástole del corazón. Todo se enhebraba, todo tenía sentido. La hierba, la oveja, la lana, mi frío. Cuando el maestro se dirigía al mapamundi, nos quedábamos atentos como si se iluminara la pantalla del cine Rex. Sentíamos el miedo de los indios cuando escucharon por vez primera el relincho de los caballos y el estampido del arcabuz. Íbamos a lomo de los elefantes de Aníbal de Cartago por las nieves de los Alpes, camino de Roma. Luchamos con palos y piedras en Ponte Sampaio contra las tropas de Napoleón. Pero no todo eran guerras. Hacíamos hoces y rejas de arado en las herrerías del Incio. Escribimos cancioneros de amor en Provenza y en el mar de Vigo. Construimos el Pórtico da Gloria. Plantamos las patatas que vinieron de América. Y a América emigramos cuando vino la peste de la patata.

'Las patatas vinieron de América,' le dije a mi madre en el almuerzo, cuando dejó el plato delante mío.

'¡Que iban a venir de América! Siempre hubo patatas,' sentenció ella.

'No. Antes se comían castañas. Y también vino de América el maíz.' Era la primera vez que tenía clara la sensación de que, gracias al maestro, sabía cosas importantes de nuestro mundo que ellos, los padres, desconocían.

Pero los momentos más fascinantes de la escuela eran cuando el maestro hablaba de los bichos. Las arañas de agua inventaban el submarino. Las hormigas cuidaban de un ganado que daba leche con azúcar y cultivaban hongos. Había

And he would go over to the big window and stare out at Mount Sinaí. It was a prolonged, troubling silence, as if he had abandoned us in some strange country. I soon came to understand that our teacher's silence was the worst punishment imaginable, because he could turn everything he touched into a fascinating story. The story might begin with a piece of paper, then set off down the Amazon and end up with the systole and diastole of the heart. Everything was connected, everything had meaning. Grass, a sheep, wool, feeling cold. When the teacher went over to the map of the world, we were as attentive as if the screen at the Rex Cinema was about to light up. We felt the fear of the Indians when they heard for the first time the neighing of horses and the boom of the harquebus. We rode on the backs of Hannibal's elephants through the snows of the Alps, on the way to Rome. We fought with sticks and stones in Ponte Sampaio against Napoleon's troops. But it wasn't all wars. We forged sickles and ploughshares in Incio's smithy. We wrote love poems in Provence and on the Vigo sea. We built the Pórtico da Gloria. We planted the potatoes that were first brought from South America and we emigrated there when the potato blight struck.

'Potatoes come from South America,' I told my mother at supper time, when she put my plate in front of me.

'What do you mean, they come from South America? There have always been potatoes,' she declared.

'No, before, people ate chestnuts. And corn comes from South America too.' That was the first time I had ever felt that, thanks to the teacher, I knew important things about our world that they, my parents, did not.

The most fascinating lessons at school, though, were when the teacher talked about nature. Water spiders invented the submarine. Ants kept flocks that gave them sweet milk and they also cultivated fungi. There was a bird in Australia that

un pájaro en Australia que pintaba de colores su nido con una especie de óleo que fabricaba con pigmentos vegetales. Nunca me olvidaré. Se llamaba tilonorrinco. El macho ponía una orquídea en el nuevo nido para atraer a la hembra.

Tal era mi interés que me convertí en el suministrador de bichos de don Gregorio y él me acogió como el mejor discípulo. Había sábados y feriados que pasaba por mi casa y íbamos juntos de excursión. Recorríamos las orillas del rio, las gándaras, el bosque, y subíamos al monte Sinaí. Cada viaje de esos era para mi como una ruta del descubrimiento. Volvíamos siempre con un tesoro. Una mantis. Una libélula. Un escornabois. Y una mariposa distinta cada vez, aunque yo solo recuerde el nombre de una, es la que el maestro llamó Iris, y que brillaba hermosísima posada en el barro o en el estiércol.

De regreso, cantábamos por las corredoiras como dos viejos compañeros. Los lunes, en la escuela, el maestro decía: 'Y ahora vamos a hablar de los bichos de Gorrión.'

Para mis padres, esas atenciones del maestro eran una honra. Aquellos días de excursión, mi madre preparaba la merienda para los dos. 'No hacía falta, señora, yo ya voy comido,' insistía don Gregorio. Pero a la vuelta, decía: 'Gracias, señora, exquisita la merienda.'

'Estoy segura de que pasa necesidades,' decía mi madre por la noche.

'Los maestros no ganan lo que tienen que ganar,' sentenciaba, con sentida solemnidad, mi padre. 'Ellos son las luces de la República.'

'¡La República, la República! ¡Ya veremos donde va a parar la República!'

Mi padre era republicano. Mi madre, no. Quiero decir que mi madre era de misa diaria y los republicanos aparecían como enemigos de la Iglesia. Procuraban no

painted its nest brilliant colours, using a kind of oil it made from vegetable dyes. I'll never forget its name. It was called the bowerbird. The male would place an orchid in the new nest in order to attract the female.

Such was my interest that I became Don Gregorio's supplier of insects, as well as his keenest student. On certain Saturdays and public holidays, he would collect me at my house, and we would set off together for the day. We would wander along by the river, through meadows, over rocks, and we would climb Mount Sinaí. For me, every one of those trips was like a voyage of discovery. We would always return with some treasure. A praying mantis. A dragonfly. A stag beetle. And a different butterfly every time, although I can only remember the name of one, which the teacher called an Iris and which glowed beautifully as it rested on the mud or the dung.

On the way back, we would sing as we walked, like two old friends. On Mondays, at school, the teacher would say: 'Right, now we're going to talk about Sparrow's insects.'

My parents felt very honoured by the teacher's interest in me. On the days when we went out together, my mother would prepare a picnic for the two of us. 'There's no need, Señora, I've eaten already,' Don Gregorio would insist. But when we returned, he would say: 'Thank you, Señora, the picnic was delicious.'

'I'm sure he doesn't always get enough to eat,' my mother would say later that night.

'Teachers don't earn nearly as much as they should,' my father would declare very solemnly. 'They're the guiding light of the Republic.'

'Oh, the Republic, the Republic! Lord knows where that will lead . . .'

My father was a Republican, my mother wasn't. I mean that my mother was the kind of woman who went to mass every day and, to her, the Republicans seemed like the enemies of

discutir cuando yo estaba delante, pero muchas veces los sorprendía.

'¿Qué tienes tu contra Azaña? Esa es cosa del cura, que te anda calentando la cabeza.'

'Yo a misa voy a rezar,' decía mi madre.

'Tu, sí, pero el cura no.'

Un día que don Gregorio vino a recogerme para ir a buscar mariposas, mi padre le dijo que, si no tenía inconveniente, le gustaría 'tomarle las medidas para un traje'.

El maestro miró alrededor con desconcierto.

'Es mi oficio,' dijo mi padre con una sonrisa.

'Respeto muchos los oficios,' dijo por fin el maestro.

Don Gregorio llevó puesto aquel traje durante un año y lo llevaba también aquel día de julio de 1936 cuando se cruzó conmigo en la alameda, camino del ayuntamiento.

'¿Qué hay, Gorrión? A ver si este año podemos verles por fin la lengua a las mariposas.'

Algo extraño estaba por suceder. Todo el mundo parecía tener prisa, pero no se movía. Los que miraban para la derecha, viraban cara a la izquierda. Cordeiro, el recolector de basura y hojas secas, estaba sentado en un banco, cerca del palco de la música. Yo nunca viera sentado en un banco a Cordeiro. Miró cara para arriba, con la mano de visera. Cuando Cordeiro miraba así y callaban los pájaros era que venía una tormenta.

Sentí el estruendo de una moto solitaria. Era un guarda con una bandera sujeta en el asiento de atrás. Pasó delante del ayuntamiento y miró cara a los hombres que conversaban inquietos en el porche. Gritó: '¡Arriba España!' Y arrancó de nuevo la moto dejando atrás una estela de estallidos.

Las madres comenzaron a llamar por los niños. En la casa,

the Church. They tried not to quarrel when I was there, but sometimes I would accidentally walk in on an argument.

'What have you got against Azaña? That priest's been filling your head with stupid ideas.'

'I go to mass to pray,' my mother said.

'You do, but the priest doesn't.'

One day, when Don Gregorio came to pick me up in order to go hunting for butterflies, my father said to him that, if Don Gregorio didn't mind, he'd like to measure him up for a suit.

The teacher glanced round him, embarrassed.

'It's my trade,' said my father with a smile.

'Well, I've always had the greatest respect for all the trades,' the teacher said at last.

Don Gregorio wore that suit for a year and he was wearing it on the day in July 1936 when he bumped into me in the Alameda, on his way to the town hall.

'Hello there, Sparrow, how are things? Now this, I hope, will be the year when we finally get to see the butterfly's tongue.'

Something strange was happening. Everyone seemed to be in a hurry, yet they didn't move. Those who were looking straight ahead, suddenly spun round. Those who were looking to the right, turned towards the left. Cordeiro, the sweeper-up of rubbish and dry leaves, was sitting on a bench near the bandstand. I had never seen Cordeiro sitting on a bench. He was looking straight up, shading his eyes with his hand. When Cordeiro did that and when the birds fell silent, it meant that a storm was approaching.

I heard the roar of a solitary motorbike. It was a policeman with a flag lashed to the back seat. He drove past the town hall and looked at the men talking anxiously beneath the arcade. He yelled: 'Long live Spain!' and sped off again, the bike leaving behind it a trail of explosions.

Mothers started calling to their children. At home it was as if

parecía haber muerto otra vez la abuela. Mi padre
amontonaba colillas en el cenicero y mi madre lloraba y hacía
cosas sin sentido, como abrir el grifo del agua y lavar los
platos limpios y guardar los sucios.

Llamaron a la puerta y mis padres miraron el picaporte
con desasosiego. Era Amelia, la vecina, que trabajaba en la
casa de Suárez, el indiano.

'¿Saben lo que está pasando? En A Coruña los militares
declararon el estado de guerra. Están disparando contra el
Gobierno Civil.'

'¡Santo cielo!' se persignó mi madre.

'Y aquí,' continuó Amelia en voz baja, como si las paredes
oyeran, 'Se dice que el alcalde llamó al capitán de carabineros
pero que este mandó decir que estaba enfermo.'

Al día siguiente no me dejaron salir a la calle. Yo
miraba por la ventana y todos los que pasaban me parecían
sombras encogidas, como si de pronto cayera el invierno y
el viento arrastrara a los gorriones de la Alameda como
hojas secas.

Llegaron tropas de la capital y ocuparon el ayuntamiento.
Mamá salió para ir a la misa y volvió pálida y triste, como si
se hiciera vieja en media hora.

'Están pasando cosas terribles, Ramón,' oí que le decía,
entre sollozos, a mi padre. También él había envejecido.
Peor todavía. Parecía que había perdido toda voluntad.
Se arrellanó en un sillón y no se movía. No hablaba.
No quería comer.

'Hay que quemar las cosas que te comprometan, Ramón.
Los periódicos, los libros. Todo.'

Fue mi madre la que tomó la iniciativa aquellos días.
Una mañana hizo que mi padre se arreglara bien y lo
llevó con ella a la misa. Cuando volvieron, me dijo: 'Ven,
Moncho, vas a venir con nosotros a la Alameda.'

my grandmother had died all over again. My father was filling
the ashtray with cigarette ends, and my mother was crying and
doing nonsensical things, like turning on the tap to wash the
clean plates and putting the dirty ones away unwashed.

Someone knocked at the door and my parents stared
uneasily at the handle. It was Amelia, our neighbour, who
worked for the wealthy Suárez.

'Have you heard what's going on?' she said. 'In A Coruña
the soldiers have declared a state of war. They're attacking the
regional governor's office.'

'Good heavens!' said my mother, crossing herself.

'And here,' Amelia went on in a low voice, as if the walls might
have ears, 'they say that the mayor asked the chief of police to
come and see him, but that he sent word to say he was ill.'

The next day they wouldn't let me go outside. I stood
staring out of the window and all the people who passed by
looked to me like shrunken shadows, as if winter had suddenly
started and the wind had blown away all the sparrows in the
Alameda like so many dead leaves.

Troops arrived from A Coruña and occupied the town hall.
Mama went out to mass and came back looking pale and sad,
as if she had aged in that half hour.

'Terrible things are happening, Ramón,' I heard her say to
my father, her voice broken by tears. He too had aged. Worse
still, he seemed to have lost all volition. He had slumped down
in an armchair and wouldn't move from there. He didn't
speak. He didn't want to eat.

'We'll have to burn anything that might compromise you,
Ramón. Newspapers, books, everything.'

During that time, it was my mother who took the initiative.
One morning, she made my father get dressed up properly and
took him with her to mass. When they came back, she said to
me: 'Come along, Moncho, you're coming with us to the

Me trajo la ropa de fiesta y, mientras me ayudaba a anudar la corbata, me dijo en voz muy grave: 'Recuerda esto, Moncho. Papá no era republicano. Papá no era amigo del alcalde. Papá no hablaba mal de los curas. Y otra cosa muy importante, Moncho. Papá no le regaló un traje al maestro.'

'Sí que lo regaló.'

'No, Moncho. No lo regaló. ¿Entendiste bien? ¡No lo regaló!'

Había mucha gente en la Alameda, toda con ropa de domingo. Bajaran también algunos grupos de las aldeas, mujeres enlutadas, paisanos viejos de chaleco y sombrero, niños con aire asustado, precedidos por algunos hombres con camisa azul y pistola en el cinto. Dos filas de soldados abrían un corredor desde la escalinata del ayuntamiento hasta unos camiones con remolque entoldado, como los que se usaban para transportar el ganado en la feria grande. Pero en la alameda no había el alboroto de las ferias sino un silencio grave, de Semana Santa. La gente no se saludaba. Ni siquiera parecían reconocerse los unos a los otros. Toda la atención estaba puesta en la fachada del ayuntamiento.

Un guardia entreabrió la puerta y recorrió el gentío con la mirada. Luego abrió del todo e hizo un gesto con el brazo. De la boca oscura del edificio, escoltados por otros guardas, salieron los detenidos, iban atados de manos y pies, en silente cordada. De algunos no sabía el nombre, pero conocía todos aquellos rostros. El alcalde, el de los sindicatos, el bibliotecario del ateneo Resplandor Obrero, Charli, el vocalista de la orquesta Sol y Vida, el cantero a quien llamaban Hércules, padre de Dombodán . . . Y al cabo de la cordada, jorobado y feo como un sapo, el maestro.

Se escucharon algunas órdenes y gritos aislados que

Alameda.' She brought out my best clothes and, while she was helping me to do the knot in my tie, she said in a very serious voice: 'Just remember, Moncho, Papa was never a Republican. Papa was never a friend of the mayor. Papa never spoke ill of the priests. And another very important thing, Moncho, Papa never gave the teacher a suit.'

'Yes, he did.'

'No, Moncho, he didn't. Do you understand? He never gave him a suit.'

The Alameda was full of people in their Sunday best. People had come down from the villages too, women all in black, local men in waistcoats and hats, frightened-looking children, preceded by blue-shirted men with pistols in their belts. Two lines of soldiers were opening up a path from the town hall steps down to some trucks with covered trailers, like the ones used to transport cattle to the big market. But the Alameda was filled not with the bustle of market days, but with a grave silence, like during Holy Week. Nobody said hello. They didn't even seem to recognize each other. All eyes were on the front of the town hall.

A policeman half-opened the town hall door and scanned the crowd. Then he flung the door open and made a gesture with his arm. Out of the dark mouth of the building, escorted by other policemen, came the detainees. They were silent, bound hand and foot and roped together. I didn't know the names of all of them, but I knew their faces. The mayor, the man from the labour union, the librarian from the workers' club, Charli, the singer with the Sol y Vida Orchestra, the stonemason everyone called Hercules and who was Dombodán's father . . . And at the end of the line, hunchbacked and ugly as a toad, came the teacher.

A few shouted orders and isolated cries echoed along the

resonaron en la Alameda como petardos. Poco a poco, de la multitud fue saliendo un ruge-ruge que acabó imitando aquellos apodos.

'¡Traidores! ¡Criminales! ¡Rojos!'

'Grita tu también, Ramón, por lo que más quieras, ¡grita!' Mi madre llevaba agarrado del brazo a papá, como si lo sujetara con toda su fuerza para que no desfalleciera. '¡Que vean que gritas, Ramón, que vean que gritas!'

Y entonces oí como mi padre decía '¡Traidores!' con un hilo de voz. Y luego, cada vez más fuerte, '¡Criminales! ¡Rojos!' Saltó del brazo a mi madre y se acercó más a la fila de los soldados, con la mirada enfurecida cara al maestro. '¡Asesino! ¡Anarquista! ¡Comeniños!'

Ahora mamá trataba de retenerlo y le tiró de la chaqueta discretamente. Pero él estaba fuera de sí. '¡Cabrón! ¡Hijo de mala madre!' Nunca le había escuchado llamar eso a nadie, ni siquiera al árbitro en el campo de fútbol. 'Su madre no tiene la culpa, ¿eh, Moncho?, recuerda eso.' Pero ahora se volvía cara a mi enloquecido y me empujaba con la mirada, los ojos llenos de lágrimas y sangre. '¡Grítale tu también, Monchiño, grítale tu también!'

Cuando los camiones arrancaron cargados de presos, yo fui uno de los niños que corrían detrás lanzando piedras. Buscaba con desesperación el rostro del maestro para llamarle traidor y criminal. Pero el convoi era ya una nube de polvo a lo lejos y yo, en el medio de la Alameda, con los puños cerrados, sólo fui capaz de murmurar con rabia: '¡Sapo! ¡Tilonorrinco! ¡Iris!'

Alameda like firecrackers. Gradually, a murmur began to emerge from the crowd, a murmur that finally took up those insults:

'Traitors! Criminals! Reds!'

'You shout too, Ramón, for God's sake, shout!' My mother was gripping my father's arm, as if it took all her strength to keep him from collapsing. 'Let people see you shouting, Ramón, make sure they see you!'

And then I heard my father saying in the faintest of voices: 'Traitors!' And then, getting louder and louder: 'Criminals! Reds!' He freed himself from my mother's grip and approached the line of soldiers, his furious gaze fixed on the teacher. 'Murderer! Anarchist! Monster!'

Now my mother was trying to hold him back and tugging discreetly at his jacket. But he had lost all control. 'Bastard! Son of a bitch!' I had never heard him call anyone that, not even the football referee. 'Not that his mother's to blame, Moncho, remember that.' But now he turned his maddened, threatening gaze on me, his eyes filled with tears and blood. 'You shout too, Monchiño, you shout too!'

When the trucks drew away, laden with prisoners, I was one of the children who ran behind them, throwing stones. I searched desperately for the teacher's face, so that I could call him traitor and criminal. But the convoy was already just a distant cloud of dust, and as I stood in the middle of the Alameda, my fists clenched, all I could do was to mutter angrily: 'Toad! Bowerbird! Iris!'

ESTHER TUSQUETS

Orquesta de verano

Estaba muy avanzado el verano – más que mediado agosto –
cuando decidieron iniciar las obras en el comedor pequeño y
trasladar a los chicos con sus señoritas y sus nurses y sus
mademoiselles al comedor de los mayores. Los niños habían
formado a lo largo de julio y de la primera quincena de
agosto una cuadrilla desmandada y salvaje, paulatinamente
más ingobernable, que asaltaba invasora las playas, recorría
el pueblo en bicicleta con los timbres a todo sonar,
merodeaba turbulenta y curiosa por las casetas de la feria, o
se deslizaba – de pronto subrepticia, callada, casi invisible –
en el rincón más recóndito del cañaveral, donde venían
construyendo de año en año sus cabañas, para ocultar en
ellas sus insólitos tesoros, e iniciarse los unos a los otros en
esas secretas maravillosas transgresiones siempre
renovadas (fumar los primeros cigarrillos, a menudo
manoseados, húmedos, compartidos; enfrascarse en unas
partidas de póquer cuya dureza hubiera dejado atónitos a los
mayores, tan apasionadas y reñidas que hasta renunciaban a
veces por ellas a bajar a la playa; adentrarse en otros juegos
más ambiguos y extraños, que Sara relacionaba oscuramente
con el mundo de los adultos y de lo prohibido, y que la
habían tenido aquel verano fascinada y avergonzada a un
tiempo, deseosa de asistir a ellos como espectadora pero
muy reacia a participar, y había estado tan astuta o tan cauta

Summer Orchestra

Summer was already well advanced – more than halfway
through August – when the decision was made to begin
renovating the smaller dining room in the hotel and to move the
children, together with their governesses and their nursemaids
and their mademoiselles, into the grown-ups' dining room.
Throughout the whole of July and the first two weeks of August
the children had formed a wild, unruly and increasingly
uncontrollable gang that invaded the beaches, raced through the
village on bikes with their bells ringing madly, prowled with
restless curiosity around the stalls at the fair, or slipped –
suddenly surreptitious, silent, almost invisible – into secret places
among the reeds. Year after year they built the huts there that
housed their rarest treasures and where they initiated each other
into marvellous, secret and endlessly renewed transgressions
(smoking their first cigarettes, often communal, crumpled and
slightly damp; getting enmeshed in poker games played with a
ruthlessness that would have astonished the grown-ups – games
so intense and hard-fought that the participants often preferred to
play on rather than go down to the beach – and venturing into
other stranger and more ambiguous games, which Sara
associated obscurely with the world of grown-ups and the
forbidden, and to which, during that summer, she had reacted
with both fascination and shame, eager to be a spectator but very
reluctant to take part. She – possibly alone among all the

en el juego de las prendas y tan afortunada con las cartas que
había conseguido ver pasar los días sin tener que dejar, ella
sola acaso entre todas las niñas, que la besaran en la boca, o
le toquetearan los senos o le bajaran las bragas),
transgresiones doblemente embriagadoras porque venían a
colmar este paréntesis de provisoria libertad que les brindaba
el verano y resultaban impensables en el ámbito invernal de
los colegios y los pisos en la ciudad.

Pero se había disuelto en dos o tres días la colonia
veraniega, y junto con ella la pandilla de los chicos,
trasladados unos al interior para consumir en la montaña o el
campo lo que les quedaba de vacaciones, devueltos los más a
sus casas para preparar los exámenes de septiembre. Y había
quedado Sara como única rezagada en la diezmada cuadrilla
de varones (a finales de agosto vendrían, para su cumpleaños,
las cuatro o cinco amigas más amigas, habían prometido
consoladoras mamá y la mademoiselle), y la atmósfera había
cambiado, se había puesto de pronto tensa y desagradable,
agravados tal vez la irritabilidad y el descontento generales
por las frecuentes lluvias y la sensación compartida de que
quedaban ya sólo unos restos inoportunos y deteriorados del
verano. Lo cierto era que las ocupaciones de los chicos se
habían hecho más y más violentas, y estaba harta Sara de
ellos y sus peleas y sus juegos, de sus bromas pesadas, de sus
palabras sucias, de sus chistes groseros, de que la espiaran por
la ventana cuando se estaba cambiando de ropa o le volcaran
la barca o la acorralaran entre tres o cuatro en el cañaveral.
Por eso se alegró tanto del cambio de comedor; allí por lo
menos, durante las horas de las comidas, tendrían que
comportarse los chicos como personas. Y esto o algo muy
parecido debieron de pensar ellos, porque protestaron y
rezongaron muchísimo, lamentándose de que sólo les faltaba
ahora, encima de haberse quedado en tan pocos y de que la

girls – had been astute or cautious enough when playing forfeits
and lucky enough at cards to get through those days without
once having to let anyone kiss her on the mouth or touch her
breasts or take her knickers down), transgressions that were
doubly intoxicating because they were the culmination of that
parenthesis of temporary freedom provided by the summer and
would be unthinkable once they were all back in the winter
environment of schools and city apartments.

But within a matter of two or three days the summer
community had broken up and with it the band of children,
some being transported inland to spend what was left of their
holidays in the mountains or in the country, most of them going
home to prepare for the September results. And Sara had stayed
on as the one female straggler among the decimated gang of
boys (Mama and Mademoiselle had promised consolingly that,
at the end of August, four or five of her best friends would be
allowed to come up for her birthday), but the atmosphere had
changed, it had grown suddenly tense and unpleasant, the
general mood of irritability and discontent aggravated perhaps
by the frequent rain and the shared feeling that all that remained
now of summer were a few unseasonable, grubby remnants.
One thing was certain, the boys' pastimes had grown rougher
and Sara had simply had enough of them, of their fights, their
games, their practical jokes, their rude words and their crude
humour, had had enough of them spying on her through the
window when she was changing her clothes, of them upending
her boat, of having three or four of them corner her among the
reeds. That was why she was so pleased about the change of
dining room: there, at least during mealtimes, the boys would
be forced to behave like civilized beings. And they must have
had the same idea, for they protested and grumbled long and
loud, complaining that, now there were so few of them and the
rain deprived them not only of many mornings at the beach but

lluvia les privara muchas mañanas de la playa y casi todas las tardes del cañaveral, tener que mantenerse quietos y erguidos ante la mesa, sin hablar apenas, comiendo todo lo que les pusieran en el plato, pelando las naranjas con cuchillo y tenedor, y tener que ponerse para colmo chaqueta y corbata para entrar por las noches al comedor.

Pero Sara estaba radiante, tan excitada la primera noche que se cambió tres veces de vestido antes de bajar a cenar – se decidió por uno de organdí, con el cuello cerrado y mucho vuelo, que le dejaba los brazos al aire y no le gustaba mucho a su madre, porque decía que la hacía parecer mayor y que no era adecuado para una niña que no había cumplido todavía los doce años – y se recogió el pelo – muy largo, muy rubio, muy liso – con una cinta de seda. Excitada sobre todo Sara esta primera noche por la posibilidad que se le ofrecía de husmear el mundo de los adultos, hasta entonces apenas entrevisto y sólo adivinado, porque quedaban los niños durante el largo invierno confiados al colegio, a los paseos con mademoiselle, al cuarto de jugar, y no había existido – ni este año ni en años anteriores – apenas contacto tampoco entre los chicos y sus padres a lo largo del verano (algo había oído Sara que le decía la mademoiselle a una camarera del hotel sobre las delicias y lo entrañable de este veraneo familiar, y las dos se reían y callaron de repente cuando advirtieron que ella las estaba escuchando, y le dio todo junto a Sara una rabia atroz), y lo cierto era que los niños se levantaban, desayunaban, hacían los deberes o jugaban al ping-pong, mientras los mayores todavía seguían durmiendo, y cuando ellos subían de la playa apenas terminaban los padres su desayuno y se preparaban perezosos para el baño, y cuando los adultos entraban en el comedor grande para el almuerzo, andaban ya los chicos por ahí, pedaleando por la carretera en sus bicicletas o tirando al blanco en las casetas de la feria. Sólo a veces, al

also of almost every afternoon previously spent among the reeds, it really was the end to be expected now to sit up straight at table without fidgeting, barely saying a word, eating everything that was put in front of them, being required to peel oranges with a knife and fork and, to crown it all, wear a jacket and tie to go into supper.

But Sara was radiant and so excited on the first night that she changed her dress three times before going down – opting in the end for a high-necked, full-skirted organdie dress that left her arms bare and which her mother did not much approve of, saying that it made her look older than her years and was inappropriate for a girl who had not yet turned twelve – and then caught up her long, straight, fair hair with a silk ribbon. What most excited Sara that first night was the prospect of getting a good look at the adult world, until then only glimpsed or guessed at, since during the long winters the children's lives were confined to school, walks with Mademoiselle, and the playroom. There was hardly any contact between children and parents during the summer either – not this year nor in any previous year. (Sara had overheard Mademoiselle making a comment to one of the chambermaids about the delights and charms of the family holiday, at which they had both laughed, only to fall silent the moment they realized she was listening, and the whole episode had filled Sara with a terrible rage.) For the fact was that, while the grown-ups slept on, the children would get up, have breakfast, do their homework or play table tennis and be coming back from the beach just as their parents would be finishing breakfast and lazily preparing themselves for a swim; and, when the grown-ups were going into the big dining room for lunch, the children would already be off somewhere, pedalling down the road on their bikes or queueing at the rifle range at the fair. It was only occasionally, when Sara – quite

cruzar – adrede – ante la puerta de alguno de los salones o de
la biblioteca, veía Sara a su madre, rubia y evanescente entre
el rizoso humo de los cigarrillos, y la conmovía y envanecía
que fuera tan delicada, tan frágil, tan elegante y tan hermosa,
con ese aire de hada o de princesa que sobrevolaba etérea la
realidad (la más mágica de las hadas y la más princesa de todas
las princesas, había pensado Sara de pequeña, y en cierto
modo lo seguía pensando), y la madre abandonaba por unos
instantes las cartas o la charla con los amigos, le hacía un gesto
de saludo, la llamaba para que se acercara a darle un beso, a
coger un bombón de licor de la caja que alguien le acababa de
regalar, y otras veces se acercaba el padre a la mesa de los
niños, y preguntaba a la mademoiselle si se portaban bien, si
hacían todos los días los deberes, si estaban disfrutando del
veraneo; y coincidían todos, claro está, en la iglesia los
domingos, porque había una sola misa en el pueblo y el grupo
de los padres tenía que – relativamente – madrugar, pero
incluso allí llegaban tarde y se sentaban en los bancos de atrás,
cerca de la puerta, aunque esperaban a los niños a la salida
para darles un beso y dinero para que tiraran al bianco o se
compraran un helado en las casetas de la feria.

Y aquella primera noche en que pasaron los chicos al
comedor grande – donde ocuparon sólo cuatro mesas – se
arregló Sara con muchísimo cuidado, y entró en la sala
flanqueada por las figuras de la mademoiselle y de su
hermano – ambos remolones y cariacontecidos – y el corazón
le latía deprisa y se sintió enrojecer, y estaba tan excitada y tan
nerviosa que le costó un esfuerzo terminar la comida que le
pusieron en el plato, y le pareció que no podía ver apenas nada,
que no acertaba a fijarse en nada, tan grande era su afán por
verlo todo y registrarlo todo, las mujeres con sus vestidos
largos y los hombros desnudos y el cabello recogido y los
largos pendientes descendiendo fulgurantes a ambos lados de la

deliberately – walked past the door of one of the lounges or the library, that she would catch sight of her mother sitting, blonde and evanescent, among the curling cigarette smoke. She would feel touched and proud to see her there, so delicate and fragile, so elegant and beautiful, like a fairy or a princess hovering ethereally above the real world (the most magical of fairies, the most regal of princesses, Sara had thought as a child, and in a way still thought), and for a moment her mother would stop playing cards or chatting to her friends to wave a greeting, call her over to give her a kiss, or pick out a liqueur chocolate from the box someone had just given her. At other times, her father would come over to the children's table and ask Mademoiselle if they were behaving themselves, if they did their homework every day, if they were enjoying the summer. And, of course, they did coincide at church on Sundays because there was only one mass held in the village and the grown-ups had to get up early – relatively speaking – but even then they would arrive late and sit in the pews at the back, near the door. Although they did wait for the children on the way out to give them a kiss and some money to spend on an ice cream or at the rifle range.

So Sara dressed with great care the first night the children moved into the big dining room – where they occupied only four tables – and she entered the room flanked by her brother and Mademoiselle, both of whom looked bad-tempered and morose. Her own face was flushed and her heart was beating fast, and she was so excited and nervous that it was an effort to finish the food they put on her plate, and she felt she could see almost nothing, that she was unable to fix her gaze on anything, such was her eagerness to see and record every detail: the women in their long dresses, with their shoulders bare and their hair up and the earrings that sparkled on either side of their neck; the men, elegant and smiling, so different

garganta; los hombres apuestos y risueños, tan distintos a como se los veía por las mañanas en la playa o en las terrazas, hablando todos animadamente – ¿De qué podían hablar? – entre las risas y los tintineos de las copas de cristal, mientras se deslizaban silenciosos y furtivos los camareros por entre las mesas, pisando leve y sin despegar apenas los labios, tan estirados y ceremoniosos e impersonales que costaba reconocer en ellos a los tipos bullangueros y bromistas y hasta groseros algunas veces que les habían servido hasta ayer en el comedor de los niños, todos, camareros y comensales, sin reparar en los chicos para nada, de modo que resultaba inútil el afán de las señoritas y las mademoiselles para lograr que se estuvieran quietos, que no dejaran nada en el plato, que utilizaran correctamente los cubiertos. Como resultaba asimismo inútil la música que ejecutaba la orquesta (oyéndola al cruzar por el vestíbulo o desde la lejanía de la terraza, había supuesto Sara que eran más los músicos, pero ahora comprobó que había sólo un piano, un violonchelo y un violín, y le pareció que tenía el pianista unos ojos muy tristes), porque no parecía escucharla nadie, no parecían ni siquiera oírla, y se limitaban a fruncir el entrecejo y elevar un poco más la voz en los momentos en que aumentaba el volumen de la música, como si debieran sobreponer sus palabras a un ruido incómodo. Ni un gesto, ni un simulacro de aplauso, ni una sonrisa. Y esto le sorprendió a Sara, porque en la ciudad los padres y sus amigos asistían a conciertos, iban a la ópera (esas noches la madre entraba en el cuarto de los niños, ya acostados, para despedirse, porque sabía que le gustaba mucho a Sara verla – como ahora en el comedor – con hermosos vestidos largos y escotados, abrigos de piel, tocados de plumas, pulseras tintineantes, el bolsito de malla de oro donde guardaba un pañuelito bordado y los prismáticos, y en torno a ella aquel perfume fragante y denso que impregnaba todas las cosas que tocaba la madre y

from the way they looked in the morning on the beach or on the terrace, and talking animatedly – what about? – amidst the laughter and the tinkling of crystal glasses. The unobtrusive waiters slipped furtively between the tables, treading lightly and barely uttering a word, so stiff and formal and impersonal that it was hard to recognize in them the rowdy, jokey, even coarse individuals who, up until yesterday, had served them in the children's dining room. And no one, neither the waiters, nor the other diners, took the slightest notice of the children, so that any attempts by governesses and mademoiselles to stop the children fidgeting, make sure they left nothing on their plates and used their knives and forks properly were futile. As was the music played by the orchestra (hearing it as she crossed the foyer or from far off on the terrace, Sara had imagined it to be larger, but now she saw that it consisted only of a pianist, a cellist and a violinist, and the pianist, it seemed to her, had terribly sad eyes), for no one appeared to be listening to it, or even to hear it. People would merely frown or raise their voices when the music increased in volume, as if they were obliged to superimpose their words over some extraneous noise. There wasn't a gesture, a smile, even any pretence at applause. That surprised Sara, because in the city, parents and their friends attended concerts and went to the opera (on those nights her mother would come into their room to say good night, when the children were already in bed, because she knew how Sara loved to see her – the way she was dressed now in the dining room – in beautiful, long, low-cut dresses, fur coats, feathered hats, jingling bracelets with the little gold mesh bag in which she kept an embroidered handkerchief and opera glasses, and all about her the sweet, heavy perfume that impregnated everything her mother touched and that Sara would never ever forget). But in the library there were several shelves full

que ella no olvidaría ya jamás), y había en el salón biblioteca varias estanterías llenas de discos, que la mademoiselle ponía algunas noches, cuando los padres no estaban en casa, para que lo oyera Sara desde la cama y se durmiera con música. Pero aquí nadie prestaba la menor atención, y tocaban los músicos para nadie, para nada, y cuando se acercó Sara a la mesa de los padres para darles un beso de buenas noches, no pudo abstenerse de preguntar, y los padres y sus amigos se echaron a reír y comentaron que 'aquello' tenía poco que ver con la verdadera música, por mucho que se esforzaran 'esos pobres tipos'. Y lo de 'pobres tipos' le hizo a Sara daño y lo relacionó sin saber por qué con las burlas de los chicos, con sus estúpidas crueldades en el cañaveral, pero descartó enseguida este pensamiento, puesto que no existía relación ninguna, como no tenía tampoco nada que ver – y no entendía por qué le había vuelto a la memoria – la frase ácida y sarcástica que había oído a mademoiselle sobre las delicias de los veraneos en familia.

Fue, sin embargo, a la mademoiselle a quien le preguntó a la siguiente noche, porque a Sara la música le seguía pareciendo muy bonita y le daba rabia que los mayores no se molestaran en escuchar y dictaminaran luego condescendientes sobre algo en lo que no habían puesto la más mínima atención – '¿Verdad que es precioso?, ¿no te parece a ti que tocan muy bien?' – y la mademoiselle respondió que sí, que tocaban sorprendentemente bien, sobre todo el pianista, pero que lo mismo daba tocar bien o tocar mal en el comedor de aquel lujoso hotel de veraneo. Era en definitiva un desperdicio. Y entonces Sara reunió todo su valor, se puso en pie, recorrió sonrojada y con el corazón palpitante – pero sin vacilar – el espacio que la separaba de la orquesta, y le dijo al pianista que le gustaba mucho la música, que tocaban muy bien, ¿por qué no tocaban algo de Chopin?, y el hombre la miró sorprendido, y le sonrió por debajo del bigote (aunque ni por ésas dejó de

of records which, on some nights, when her parents were not at home, Mademoiselle would play so that Sara could hear them from her bedroom and drift off to sleep to the music. But here no one paid the least attention and the musicians played for no one and for no reason, so that when Sara went over to her parents' table to kiss them good night, she couldn't help asking them why that was, at which they and their friends all burst out laughing, remarking that 'that' has little to do with real music, however hard the 'poor chaps' were trying. And that remark about 'poor chaps' wounded Sara and, without knowing why, she associated it with the jokes the boys told and the stupid acts of cruelty they perpetrated among the reeds. But she immediately discounted the thought, since there was no possible connection. It was as irrelevant – she had no idea why this came back to her now either – as Mademoiselle's tart, sarcastic comment about the delights of family holidays.

Nevertheless, the following night, because she still thought the music very pretty and because it infuriated her that the grown-ups, who did not even bother to listen, should then condescendingly pass judgement on something to which they paid not the slightest attention, she said to Mademoiselle: 'The music's lovely, isn't it? Don't you think they play well?' And Mademoiselle said yes, they played surprisingly well, especially the pianist, but in the dining room of a luxury holiday hotel in summer it made no difference if you played well or badly. It really was a waste of good musicians. Then, screwing up all her courage, with her cheeks flushed and heart pounding but without the least hesitation, Sara stood up and crossed the empty space separating her from the orchestra and told the pianist how much she enjoyed the music, and that they played very well. She asked why they didn't play something by Chopin, and the man looked at her, surprised, and smiled at her from

parecerle muy triste) y respondió que no era precisamente Chopin lo que allí se esperaba que interpretasen, y a punto estuvo Sara de replicar que lo mismo daba, puesto que no iban de todos modos a escuchar ni a enterarse tampoco de nada, y se sintió – acaso por primera vez en su vida – incómoda y avergonzada a causa de sus padres, de aquel mundo rutilante de los adultos que no le parecía de pronto ya tan maravilloso, y, sin saber bien el porqué, le pidió disculpas al pianista antes de regresar a su mesa.

Ahora Sara se ponía todas las noches un vestido bonito (iba alternando entre los tres vestidos elegantes que se había traído y que no había llevado en todo el verano; siempre en tejanos o en bañador) y se peinaba con cuidado, bien cepillado el pelo y reluciente antes de atarlo con una cinta de seda. Y seguía entrando en el comedor sofocada y confundida – se burlaban enconados y despechados y acaso celosos los chicos, pero Sara no los escuchaba ya; habían dejado simplemente de existir – y comía luego de modo maquinal lo que le ponían en el plato, porque era más cómodo tragar que discutir. Y seguía observando Sara los bonitos vestidos de las mujeres, las nuevas alhajas y peinados, la facilidad de sus risas y sus charlas entre el tintineo de los vasos, lo apuestos que parecían casi todos los hombres, y lo bien que se inclinaban hacia sus parejas, les sonreían, les encendían el cigarrillo o les alargaban un chal, mientras se apresuraban a su alrededor unos camareros reducidos a la categoría de fantasmas, y sonaba la música, y fuera reinaba la luna llena sobre el mar oscuro, todo casi como en las películas o en los anuncios en tecnicolor. Pero cada vez con mayor frecuencia se le iban los ojos hacia la orquesta y el pianista, que le parecía más y más triste, más y más ajeno, pero que algunas veces, al levantar la vista del teclado y encontrarse con la mirada de Sara, le sonreía y esbozaba un vago gesto cómplice.

beneath his moustache (although she still thought he looked terribly sad) and replied that people there didn't normally expect them to play Chopin, and Sara was on the verge of saying that it didn't matter anyway since they wouldn't be listening and wouldn't notice and then she felt – perhaps for the first time in her life – embarrassed by her parents, ashamed of them and of that glittering grown-up world, all of which seemed suddenly rather less marvellous to her. Before returning to her table, without quite knowing why, she apologized to the pianist.

From then on, Sara put on a pretty dress every night (alternating the three smart dresses that she'd brought with her and not worn all summer, because, up until then, she had gone around in either jeans or swimsuit) and she did her hair carefully, brushing it until it shone and tying it back with a silk ribbon. But she still felt awkward and self-conscious when she entered the dining room (the boys made angry, spiteful, possibly jealous comments, but Sara no longer heard them, they had simply ceased to exist) and she would mechanically eat whatever was served up to her because it was easier to eat than to argue. She still observed the women's lovely dresses, the new jewels and hairstyles, their easy laughter and chatter among the clink of glasses; she still noticed how elegant the men looked and how gracefully they leaned towards their wives, smiled at them, lit their cigarettes and handed them their shawls, while a few waiters, as insubstantial as ghosts, bustled about them. The music played on and, outside, the full moon shimmered on the dark sea, almost the way it did in Technicolor films or advertisements. But her eyes were drawn more and more towards the orchestra and pianist, who seemed to her to grow ever sadder, ever more detached, but who, when he looked up from the keyboard and met Sara's gaze, would sometimes smile and make a vague gesture of complicity.

De repente todo lo concerniente al pianista le parecía interesante, y averiguó Sara entonces que aquella mujer flaca y pálida, o más que pálida descolorida, como si fuera una copia borrosa de un original más atractivo, aquella mujer a la que habría visto seguramente a menudo sentada sobre la arena de la playa o paseando por los senderos más distantes y menos frecuentados del jardín, siempre con una niña pequeña de la mano o trotando a su alrededor, era la esposa del pianista, y era, la niña, de ellos dos, y nunca había visto Sara una criatura tan preciosa, y se preguntó si en algún momento del pasado habría sido la madre también así, y qué pudo haber ocurrido después para disminuirla de ese modo. Y como Sara había roto definitivamente su nexo con la pandilla de muchachos, y la mademoiselle no puso reparos, empezó a ir cada vez más a menudo en compañía de la mujer y de la niña, que le inspiraban un afecto transferido, como por delegación, porque Sara quería al pianista – lo descubrió una noche cualquiera, en que él levantó la vista del piano y sus miradas se encontraron, y fue un descubrimiento libre de sobresaltos o turbación o espanto, la mera comprobación de una realidad evidente que lo llenaba todo – y la niña y la mujer eran algo muy suyo, y Sara le compraba a la pequeña helados, garrapiñadas, globos de colores, cromos, y la invitaba a subir a las barcas, a la noria, al tiovivo, a asistir a una función en el circo, y parecía la niña enloquecida de gozo, y Sara miraba entonces con extrañeza a la madre, y la madre explicaba invariable: 'Es que no lo había visto nunca, tenido nunca, probado nunca, es que nunca – y aquí la mirada se le ponía dura – se lo hemos podido proporcionar,' y Sara se sentía entonces hondamente acongojada y como en peligro – le hubiera gustado pedirle perdón, como se lo pidió en una noche ya lejana al pianista, no sabía por quién

Suddenly Sara felt interested in everything to do with the
pianist and discovered that the pale, thin woman (though she was
perhaps faded rather than pale, like the blurred copy of a more
attractive original) whom she must often have seen sitting on the
sands at the beach or strolling along the farthest-flung and least
frequented parts of the garden, always accompanied by a little
girl who would hold her hand or be running about nearby, this
woman was the pianist's wife and the little girl was their
daughter. Sara had never seen a lovelier child, and she wondered
if at some time in the past the mother had also been like that and
wondered what could have happened since then to bring her so
low. And, having definitely broken off relations with the gang of
boys, and Mademoiselle having raised no objections, Sara began
to spend increasing amounts of time in the company of the
woman and the little girl, both of whom inspired in her a kind of
transferred or displaced affection. Sara loved the pianist – she
discovered this on one of those nights when he looked up from
the piano at her and their eyes had met; it was a discovery that
brought with it no surprise, no confusion or fear, it merely
confirmed an obvious reality that filled her whole being – and,
because the little girl and the woman were part of him, Sara
bought the child ice creams, candied almonds, bright balloons
and coloured prints and took her on the gondolas, the big wheel,
the merry-go-round, to the circus. The little girl seemed quite
mad with joy, and when Sara glanced at the child's mother,
perplexed, the mother would always say the same thing: 'It's just
that she's never seen, never heard, never tried that before', and
here her look would harden, 'We've never been able to give her
such things.' And then Sara felt deeply troubled, as if she were
somehow in danger – she would have liked to ask her
forgiveness, as she had of the pianist one night, long ago now it
seemed, though she did not know for whom or for what –
perhaps because she could not understand it or perhaps because

o de qué, porque no lograba comprender, o quizá porque algo estaba madurando tenaz dentro de ella, y cuando saliera a la luz y la desbordara, tendría que comprenderlo todo y estaría la inocencia para siempre perdida y el mundo patas arriba y ella naufragando en medio del caos sin saber cómo acomodarse en él para sobrevivir.

Al anochecer – anochecía ya más temprano a finales de agosto – mientras la mujer daba de cenar a la niña y la acostaba en las habitaciones de servicio, se tropezaba casi siempre Sara con el pianista en el jardín, y solían pasear juntos por el camino, hacia arriba y hacia abajo, cogidos de la mano, y hablaba el hombre entonces de todo lo que pudo haber sido, de todo lo que había soñado en la juventud – ya perdida, aunque no tendría más de treinta años – de lo que había significado para él la música, de cómo se habían amado él y la mujer, y de cómo habían ido luego las circunstancias agostándolo todo, quebrándolo todo, haciéndoselo abandonar todo por el camino. Era un discurso pavoroso y desolador, y le parecía a Sara que el hombre no hablaba para ella – ¿cómo iba a descargar esas historias en una chiquilla de once años? – sino acaso para sí mismo, para el destino, para nadie, y en la oscuridad de la noche en la carretera no se veían las caras, pero en algunos puntos el hombre vacilaba, se estremecía, le temblaba la voz, y entonces Sara le apretaba más fuerte la mano y sentía en el pecho un peso duro que no sabía ya si se llamaba piedad o se llamaba amor, y le hubiera gustado animarse a decirle que había existido sin duda un malentendido, un cúmulo de fatalidad contra ellos conjurada, que todo iba a cambiar en cualquier instante, que la vida y el mundo no podían ser permanentemente así, como él los describía, y en un par de ocasiones el hombre se detuvo, y la abrazó fuerte fuerte, y le pareció a Sara que tenía las mejillas húmedas, aunque no hubiera podido asegurarlo.

something within her was doggedly coming to fruition – and because when it did finally emerge and spill out of her, she would be forced to understand everything and then her innocence would be lost for ever. The world would be turned upside down, and she would be shipwrecked in the midst of the ensuing chaos with no idea how best to adapt in order to survive.

At nightfall – by the end of August it was already getting darker earlier – while the woman was giving the little girl her supper and putting her to bed in the servants' quarters, Sara almost always met the pianist in the garden, and they would walk up and down the road together, holding hands, and the man would speak of everything he could have been, of all that he had dreamed in his youth – his lost youth, even though he couldn't have been much more than thirty – of what music had meant to him, and how much he and his wife had loved each other and of how circumstances had gradually caused everything to wither and crumble, forcing him to abandon everything along the way. It was a bleak, terrifying speech and it seemed to Sara that the man wasn't talking to her – how could he unburden such stories on a child of eleven? – but perhaps to himself, to fate, to no one, and on the road, and in the darkness of the night, they couldn't see each other's faces, but at certain points the man would hesitate, a shiver would run through him, his voice would tremble and then Sara would squeeze his hand and feel in her chest a weight like a stone, whether pity or love she no longer knew, and she would have liked to find the courage to tell him that there had doubtless been some misunderstanding, that fate had conspired against them, that at any moment everything would change, life and the world could not possibly go on being the way he described them. And, on a couple of occasions, the man stopped and held her tightly, tightly to him and, although she had no way of knowing for sure, it seemed to Sara that his cheeks were wet with tears.

Acaso se sintiera la mujer sutilmente celosa de estos paseos a dos en la oscuridad, o tal vez necesitara simplemente alguien en quien verter la propia angustia y ante quien justificarse (aunque nadie la estaba acusando de nada), porque aludía a veces amarga a 'lo que te debe haber contado mi marido', y por más que Sara tratara de detenerla, intentara no escuchar, '¿Sabes que desde que hay menos clientes en el hotel no nos pagan siquiera la miseria que habían prometido, y que él ni se ha dignado enterarse?, ¿sabes lo que me hizo el otro día el gerente delante de sus narices, sin que él interviniera para nada?, ¿sabes que he pedido yo dinero prestado a todo el mundo, que debemos hasta el modo de andar, que no tenemos a donde ir cuando termine el verano dentro de cuatro días?, y él al margen, como si nada de esto le concerniera para nada.' Y un día la agarró por los hombros y la miró con esa mirada dura, que la dejaba inerme y paralizada: 'Ayer me sentía yo tan mal que ni podía cenar, ¿crees que se inquietó o me preguntó siquiera lo que me pasaba?, cogió mi plato y se comió sin decir una palabra la comida de los dos, ¿te ha contado esto?.' Y Sara intentó explicarle que el hombre no le hablaba nunca de incidentes concretos, de sórdidos problemas cotidianos, de lo que estaba sucediendo ahora entre él y la mujer; hablaba sólo, melancólico y desolado, de la muerte del amor, de la muerte del arte, de la muerte de la esperanza.

Así llegó el día del cumpleaños de Sara, justo el día antes de que terminara el veraneo y se cerrara el hotel y volvieran todos a la ciudad, y subieron sus amigas más amigas, como mamá y la mademoiselle habían prometido, y hasta los chicos estaban mejor, con sus trajes recién planchados y su sonrisa de los domingos, y tuvo muchísimos regalos, que

Perhaps the woman felt subtly jealous of their walks alone together in the dark, or perhaps she simply needed someone to whom she could pour out her own anguish, someone she could justify herself to (although no one had accused her of anything) because she sometimes alluded bitterly to 'the things my husband has probably told you' and, however hard Sara tried to stop her, tried not to listen, she would go on. 'Did he tell you that, now there are fewer guests in the hotel, the management won't even pay us the pittance they originally promised us, something he simply doesn't want to know about?' 'Did you hear what the manager did to me the other day, right in front of him, and did he tell you that he didn't say a word in my defence?' 'Did you know that I've borrowed money from everyone, we don't even own the clothes on our backs, that we have nowhere to go when the summer season ends in a few days' time and that he just stands on the sidelines as if none of this had anything to do with him at all?' And one day, she grabbed her by the shoulders and looked at her with those hard eyes that left Sara defenceless and paralysed: 'Yesterday, I felt so awful I couldn't even eat, but do you think he cared or bothered to ask me what was wrong? No, he just picked up my plate and, without a word, finished off both our suppers. I bet he didn't tell you that.' And Sara tried to explain to her that the man never talked to her about real events, about the sordid problems of everyday life, about what was going on just then between him and his wife; he talked only, in melancholy, desolate tones, of the death of love, of the death of art, of the death of hope.

The day of Sara's birthday came round, the last day of the holidays, just before the hotel was to close and they were all due to go back to the city and, just as Mama and Mademoiselle had promised, her best friends travelled up especially and even the boys behaved better, wearing their newly pressed suits and their Sunday smiles, and she got lots of presents that she placed on a

colocó sobre una mesa para que todos los vieran, y le habían comprado un vestido nuevo, y papá le dio una pulsera de oro con piedrecitas verdes que había sido de la abuela y que significaba que Sara empezaba ya a ser una mujer, y hubo carreras de saco, piñatas, fuegos artificiales, y montañas de bocadillos y un pastel monumental, y hasta una tisana con mucho champán que los achispó un poquito porque nunca antes les habían dejado beberla, y era un síntoma más de que estaban dejando a sus espaldas la niñez. Y estuvo Sara toda la tarde tan excitada y tan contenta, tan ocupada abriendo los regalos y organizando juegos y atendiendo a los amigos, que sólo al anochecer, cuando terminó la fiesta y se despidieron algunos para volver a la ciudad, se dio cuenta de que la hija de los músicos no había estado con ellos, y supo entonces desde el primer instante lo que había sucedido, por más que se obstinara en negarse algo que era tan evidente y le parecía sin embargo inverosímil, lo supo antes de agarrar a la mademoiselle por el brazo y sacudirla con furia, '¿Por qué no ha venido la niña a mi fiesta, di?' y no hacía falta ninguna especificar de qué niña estaba hablando, y la mademoiselle sonrojada, tratando de hablar con naturalidad pero sonrojada hasta el pelo y sin atreverse a mirarla, 'No lo sé, Sara, te aseguro que no lo sé, me parece que el conserje no la ha dejado entrar,' y, en un intento de apaciguarla, 'de todos modos es mucho más pequeña que vosotros . . .' lo supo antes de plantarse delante del conserje y gritarle su desconcierto y escupirle su rabia, y encogerse el tipo de hombros, y explicar que él había hecho únicamente lo que le habían mandado, que había instrucciones de su madre sobre quiénes debían participar en la fiesta, lo supo antes de acercarse a su madre con el corazón encogido, esforzándose por no estallar en sollozos, y la madre levantó del libro unos ojos sorprendidos e impávidos, y dijo con voz lenta que no

table for everyone to see, including a new dress and, from Papa, a gold bracelet with little green stones that had been her grandmother's and which signalled that Sara was on the threshold of becoming a woman. There were sack races, lucky dips, fireworks, mountains of sandwiches, a vast cake and a fruit punch with lots of champagne in it, which, because it was the first time they'd ever been allowed to drink it, got them all a little merry and was just one more sign that they were leaving childhood behind them. And the whole afternoon Sara was so excited, so happy, so busy opening her presents and organizing games and attending to her friends that it was only when night fell, when the party was over and some of the guests were already leaving to go back to the city, that she realized that the musician's little daughter had not been among them, and, however much she tried to deny what to her seemed at once both obvious and inconceivable, she knew instantly what had happened. She knew even before she grabbed Mademoiselle by the arm and asked, shaking her furiously: 'Why didn't the little girl come to my party? Tell me!' and there was no need to specify which little girl she was talking about, and Mademoiselle blushed, she did her best to act naturally, but instead blushed to the roots of her hair and, not daring to look at Sara, said: 'I don't know, Sara, really I don't, I think it must have been the doorman who wouldn't let her in,' adding, in an attempt to placate her, 'but she is an awful lot younger than all your other friends . . .' She knew before she confronted the doorman and screamed her bewilderment and spat out her rage at him, and the man simply shrugged and explained that he'd simply done as he was told, that her mother had issued instructions about who should be allowed into the party; and she knew before she went over to her mother, swallowing back her sobs, her heart clenched, and her mother looked up from her book with surprised, unflinching eyes and said in a slow voice that she had no idea

sabía ella que fueran tan amigas y que de todos modos
debería ir aprendiendo Sara cuál era la gente que le
correspondía tratar, y luego, al ver que se le llenaban los ojos
de lágrimas y que estaba temblando, 'No llores, no seas
tonta, a lo mejor me he equivocado, pero no tiene demasiada
importancia, ve a verla ahora, le llevas un pedazo de pastel,
unos bombones, y todo queda olvidado.' Pero en el cuarto de
los músicos, donde no había estado nunca antes, la mujer la
miró con una mirada dura – definitiva ahora, pensó Sara, la
dureza que había ido ensayando y aprendiendo a lo largo del
verano – pero se le quebró la voz al explicar, 'Lo peor es que
ella no entendía nada, sabes, os veía a vosotros y la merienda
y los juegos, y no entendía por qué no se podía ella acercar,
ha llorado mucho, sabes, antes de quedarse dormida.' Pero la
mujer no lloraba. Y Sara se secó las lágrimas, y no pidió
perdón – ahora que sí sabía por quién y por qué, también
sabía que uno no pide perdón por ciertas cosas – y no les
llevó pasteles ni bombones, ni intentó regalarles nada,
arreglar nada.

Sara subió a su habitación, se arrancó a manotazos la cinta,
el vestido, la pulserita de la abuela, lo echó todo revuelto
encima de la cama, se puso los tejanos, se dejó suelto el pelo
mal peinado encima de los hombros. Y cuando entró así en el
comedor, nadie, ni la mademoiselle ni los chicos ni los padres
ni el maître, se animó a decirle nada. Y Sara se sentó en
silencio, sin tocar siquiera la comida que le pusieron en el
plato, muy erguida y ahora muy pálida, mirando fijo hacia la
orquesta y repitiéndose que ella no olvidaría nunca nunca lo
que había ocurrido, que nunca se pondría un hermoso vestido
largo y escotado y un abrigo de pieles y unas joyas y dejaría
que unos tipos en esmoquin le llenaran la copa y le hablaran
de amor, que nunca – pensó con asombro – sería como ellos,
que nunca aprendería cuál era la gente que debía tratar,

they were such good friends and that anyway it was high time Sara learned the kind of people she ought to be associating with, and then, seeing Sara's eyes fill with tears, seeing that she was shaking, said: 'Don't cry now, don't be silly. Maybe I was wrong, but it's not so very important. Go and see her now, take her a slice of cake and some sweets and it'll all be forgotten.' But in the musician's room, where she had never set foot before, the woman gave her a hard look, a look, thought Sara, that was now fixed, a look the woman had been rehearsing and learning throughout the summer, but her voice quavered when she said: 'The worst thing, you see, was that she didn't understand, she saw you all having tea and playing games and didn't understand why she couldn't go in; she cried a lot, you know, before she finally went to sleep.' But the woman didn't cry. And Sara dried her own tears and did not ask forgiveness – now that she knew for whom and for what, she also knew that there are some things for which one does not ask forgiveness – and she took them no cakes or sweets, made no attempt to give them presents or to make anything better.

She went up to her room, tore off the ribbon, the dress, grandmother's little bracelet and threw them all down in a heap on the bed, then she pulled on her jeans and left her tousled hair hanging loose over her shoulders. And when she went into the dining room, no one, not Mademoiselle or the boys, her parents or the head waiter, dared say one word to her. And Sara sat down in silence, without even touching the food they put on her plate, sitting very erect and very pale, staring at the orchestra and repeating to herself that she would never ever forget what had happened, that she would never wear a long, low-cut dress and a fur coat and jewels or allow men in dinner jackets to fill her glass and talk to her of love, that she would never – she thought with surprise – be like the rest of them, that she would never learn what kind of people she ought to be

porque su sitio estaba para siempre con los hombres de
mirada triste que habían soñado demasiado y habían perdido
la esperanza, con las mujeres duras y envejecidas y
desdibujadas que no podían apenas defender a sus crías, desde
este verano terrible y complicado en que había descubierto
Sara el amor y luego el odio (tan próximo y tan junto y tan
ligado con el amor), en este verano en que se había hecho,
como anunciaban los mayores aunque por muy distintos
caminos, mujer, repitiéndose esto mientras le miraba fijo fijo,
y él la miraba también a ella todo el tiempo, sin necesidad
ninguna de bajar los ojos al teclado para interpretar, durante
todo lo que duró la cena, música de Chopin.

associating with, because her place would always be at the side of men with sad eyes who had had too many dreams and had lost all hope, at the side of hard-eyed, faded women, old before their time, who could barely provide for their own children, not after this terrible, complicated summer in which Sara had discovered first love and then hate (so similar, so intimately linked), not after this summer in which, as the grown-ups kept telling her in their very different ways, she had become a woman. She repeated all this to herself again and again while she looked and looked at him and he looked at no one but her, not even needing to look down at the piano on which, all through supper, he played nothing but Chopin.

MEDARDO FRAILE

La presencia de Berta

Lupita había cumplido un año. Era Lupita un ser amorfo y atractivo, blando y terrible, al que no había visto nadie en un teatro, en un cine o café, ni paseándose por una calle. Pero ella maquinaba en silencio. Imaginaba grandes cosas moviéndose con energía y estaba segura de su triunfo. En *déshabillé* olía muy bien. Olía a niña que va a cumplir un año. Sus padres habían llamado a los amigos para que fueran a merendar. 'Hoy cumple Lupita un año. Venid a casa.'

Jacobo tocó el timbre y oyó dentro voces conocidas. Cuando le abrieron la puerta, dijo en alta voz: '¿Dónde está Lupita? ¿Dónde está esa bribona?' Y la cría salía ya, meciéndose en los brazos de su madre, con el cuerpecillo erguido, nerviosa y atenta. Lupita, en su extraño y personal idioma, había conseguido expresar su idea de que le prendieran al poquísimo y aromado pelo, en su cumpleaños, dos lacitos rosa, como dos apartados cuernecillos. Esto no eran cosas de la madre. Eran sugerencias de Lupita consciente de sus encantos y fallos. '¿Qué me cuenta usted?, ¿eh? ¿Qué me cuenta la señorita Lupe?' Y Jacobo sacó del bolsillo y le mostró una pequeña caja de bombones. '¡Baaa!' dijo la niña, muy alegre, mostrando al visitante su campanilla sonrosada y haciendo a un tiempo ademán con brazos y piernas de saltar sin miedo la ola de cada 'a'. Jacobo le resultó simpático.

Berta's Presence

It was Lupita's first birthday. Lupita was an amorphous, attractive being, at once yielding and terrible, whom no one had ever seen in a theatre, a cinema or a café, or even strolling down the street. But she was plotting in silence. She imagined great things, engaged in vigorous movement and was convinced that she would triumph. She smelled delicious in her night attire. She smelled like a little girl about to turn one. Her parents had invited their friends over for a bite to eat. 'Do come. It's Lupita's first birthday.'

Jacobo rang the bell and heard familiar voices inside. When the door opened, he said loudly: 'Where's Lupita? Where's that little rascal?' And the child appeared, squirming about in her mother's arms, her small body erect, excited, attentive. Lupita, in her own strange, personal language, had managed to convey to her mother the idea of tying two small, pink bows – like wide-set miniature horns – in her sparse, perfumed hair. It hadn't been her mother's doing at all. The suggestion had come from Lupita herself, aware of her charms and her flaws. 'So what have you got to say for yourself, then, eh? What has Señorita Lupe got to say for herself?' And Jacobo produced a little box of sweets from his pocket and showed it to her. 'Baaa!' said Lupita joyfully, showing the visitor her pink uvula and waving her arms and legs about as if fearlessly leaping over each 'a' she uttered. She liked Jacobo.

En una botella sobre la mesa se reflejaban las ramas del castaño que asomaba por el ventanal. Era una tarde cálida, de ventanas abiertas, con murmullos y melodías lejanas que el sol echaba a andar antes de marcharse. De esas tardes en que el campo, aromado y crujiente, entra de súbito en la ciudad, como si el campo mismo se fuera de campo, y hace, por unas horas, canturrear al ciudadano en un cumpleaños, en la taberna o de vuelta a su casa. De esas tardes en que la sirena de la fábrica es el quejido de un animal grande y bondadoso al que hemos perdido el rastro y suenan, como piedras en el agua, los besos campesinos y abiertos del soldado y su amor. De esas tardes con neblinas altas, alargadas y tenues, para que no se encuentren demasiado desnudas las primeras estrellas.

De vez en vez se oía el timbre de la puerta y entraban en el cuarto nuevos amigos. La pareja de novios, compenetrados con suavidad correosa, con sus frases hirientes recién y rápidamente dichas en el descansillo de la escalera, no olvidadas aún y ahora resueltas en una ironía delicada y social. El amigo alto, con traje negro a rayas, que mira el reloj de vez en cuando y olvida siempre la hora con gesto de dejar morirse en una esquina a una pobre muchacha. El matrimonio reciente, que espera ya las bromas de los demás, con el acompasado ritmo de los suaves paseos, él con impoluta camisa, ella con primorosos detalles. La novia que está desesperada, la que no consigue llevar al novio de visita, la que parece que lleva siempre un poco flojas las medias y un mechón de cabello sin peinar. El amigo que hace deporte, siempre recién duchado, siempre un poco ajeno y sonriente y como con miedo de que se le apague el gran farol del pecho. Y Berta, la que estaba fuera, la sorpresa, la que no sospechaban que llegaría.

Una vez más se levantaron ellos cuando llegó Berta. Ella saludó a todos – a Jacobo sin demasiado calor –, y dedicó en

A bottle on the table reflected the branches of the chestnut tree outside the window. It was a warm evening, with the windows open, full of the distant murmurs and melodies set in motion by the departing sun. One of those evenings on which the scented, rustling countryside suddenly enters the city, as if the countryside had left itself behind for a few hours in order to set the city-dweller humming a tune, whether at a birthday party, in a bar or at home. One of those evenings when the factory siren sounds like the moan of a large, friendly animal gone astray and where the frank, rustic kisses of the soldier and his sweetheart sound like pebbles in a stream. One of those evenings of high, long, tenuous mists, so that, when the first stars come out, they will not appear too naked.

Every now and then, the doorbell rang and new friends came into the room. The engaged couple, bound together by a prickly sweetness, the wounding words recently and rapidly spoken on the landing outside not yet forgotten and transmuted instead into delicate, social irony. The tall friend, in a dark, striped suit, who keeps looking at his watch only immediately to forget what it said, with the look of someone who has left some poor girl standing on a corner. The newlyweds, inured by now to everyone's jokes, strolling in as if fresh from a gentle walk, he in an immaculate shirt and she full of solicitous gestures. The desperate young woman, who can never persuade her fiancé to accompany her on visits, and whose stockings always bag slightly and who has one permanently rebellious lock of hair. The sporty friend, always fresh from the shower, slightly distant and smiling and as if fearful that the great lighthouse of his chest might go out. And Berta, the outsider, the surprise, the one they had not expected to come.

They all got up again when Berta arrived. She greeted everyone – Jacobo rather coolly – and then immediately

seguida sus palabras y toda su atención a Lupita. 'Mira, Lupita, te he comprado unos pendientes. ¿Te gustan?' Jacobo estaba incómodo. Él iba a charlar con la pequeña cuando Berta entró. Se había dirigido a ella y Lupita ya le miraba. Iba a decirle: '¡Qué vieja es esta niña! ¡Tiene ya un año!' Pero al oír hablar a Berta, su frase le pareció una tontería sin objeto y sin ninguna gracia. Le pareció una frase demasiado hueca y, por consiguiente, esclava en extremo de la entonación y la oportunidad. Y la dejó morir en los labios, y esta muerte fue un obstáculo, insalvable casi, para las cosas que luego dijo y pensó.

Jacobo sabía que era muy difícil hablar con los niños. Había que tener algo de domador o, simplemente, una gracia y una espontaneidad sin límites. Los críos exigen mucho al que les habla y, hasta que se rinden al encanto de una frase, observan a su interlocutor muy circunspectos y, a veces, con dureza. Notan cuándo son sinceras las palabras y cuándo vacilan en algún sentido. Lloran aterrados ante los vocablos sin gracia o rellenos de torcida intención o falsedad. Y Jacobo, que algunas veces había hablado a los niños con acierto, se quedó callado, profundamente callado, escuchando el río de eficaces palabras que Berta dedicaba a Lupita.

Era una de las cualidades de Berta: saber hablar a los niños. A Berta se le ocurrían estupendas frases por su matizada entonación llena de fantasía. Los niños se quedaban pasmados siguiendo atentos y gozosos el hilo de su voz. Les parecía que tenían ante si un pájaro de colores finos y grato perfume con atrayente y caleidoscópica garganta, como una buena gruta llena de cuentos y leyendas. Y para ello Berta no cambiaba su voz, era ella misma. Esa voz – pensaba Jacobo – que salía de unas entrañas limpias y jugosas, que borboteaba suave y era, como el agua, sonora y fresca, rica y profunda. Además, sabía Berta el idioma de los niños, qué sílabas cortar y en qué

turned all her words and attention to Lupita. 'Look, Lupita, I've bought you some earrings. Do you like them?' Jacobo was put out. He had been just about to speak to Lupita when Berta arrived. He had gone over to her, and Lupita was already looking at him. He was about to say: 'Aren't you getting old! One year old already!' But, when he heard Berta speak, his words seemed pointless and unamusing. They seemed hollow and, therefore, entirely dependent on intonation and timing. He allowed them to die on his lips, and that death was an almost insuperable obstacle to all the other things he subsequently said and thought.

Jacobo knew how difficult it was to speak to children. You had to have something of the lion-tamer about you, or else limitless wit and spontaneity. Children demand a lot of those who speak to them and, unless they instantly succumb to the charm of a phrase, they regard their interlocutor circumspectly and occasionally harshly. They can tell when the words are sincere and when they falter in any way. They cry in terror at clumsy words or words full of twisted intentions or falsehood. And Jacobo, who had, on occasions, spoken to children quite successfully, fell silent, profoundly silent, listening to the river of efficacious words that flowed from Berta to Lupita.

That was one of Berta's qualities, knowing how to talk to children. With her subtle, imaginative intonation, Berta came out with the most wonderful things. Children stood amazed as they, intently, pleasurably, followed the thread of her voice. It was as if they had before them a fine-feathered, perfumed bird with an attractive, kaleidoscopic throat, like a grotto full of stories and legends. And Berta didn't change her voice in the least, she was just herself. That voice – thought Jacobo – emerged from clean, colourful depths, it bubbled gently and was, like water, sonorous and fresh, rich and profound. More than that, Berta knew the language of children, knew which

inocentes moldes deformar las palabras para que las comprendiesen mejor. ¿Cómo hablarles con las palabras regladas, serias, pasadas por el severo colegio de la Gramática, con que hablan las personas mayores?

–Bueno, Berta, ¿cómo estás aquí? ¿Cómo ha sido eso?

Y mientras Berta explicaba que estaba pasando unos días en Madrid, antes de marcharse a Sevilla, donde la habían ahora destinado, Lupita se quedó desatendida y recordó que, antes de llegar Berta, alguien le quería hablar. Y fue girando la cabeza y mirando a todos, uno a uno, hasta que lo encontró: era Jacobo. Le incitó con los ojos muy abiertos, clavándole la mirada, a que dijera su frase. Jacobo se dio cuenta y su timidez se acentuó más. La madre de Lupita, por su parte, seguía la mirada de la niña, con una suave sonrisa. La niña esgrimió incluso la consigna propicia: '¡Baaaa!' Pero Jacobo, que había dicho al llegar unas frases bastante aceptables, cruzaba ahora una pierna sobre otra, nervioso, miraba su vaso de vino o un cuadro de la pared hoscamente intrigado, o echaba una ojeada de fugitivo, que quería ser distraída, a un periódico o a un objeto cualquiera. A Lupita le entró desconfianza y su mirada se hizo más escudriñadora y pertinaz. 'Ese tipo era raro. Ese tipo no se sabía bien lo que pensaba.'

Jacobo se negó, después de muchas dudas, a competir con Berta. Delante de ella, como todos sabían, se le agudizaba el sentido del ridículo y procuraba no quedar mal. Tampoco quedaba bien con sus largos silencios, ya por antiguos muy conocidos, con sus nervios demoledores que se traslucían en una seriedad falsa y en ligeras torpezas y brusquedades. Él no podría nunca lograr con naturalidad esas raras derivaciones, los saltos limpios de una palabra a otra que Berta lograba. '¡Bicho! ¡Bichejo! ¡Bichuela! ¡Habichuela!' había dicho Berta hacía un rato. Y era perfecto. La niña – como todos los niños

syllables to cut out and in what innocent moulds to reshape
words so that they could be understood. How could one speak
to them using the serious, rule-bound words used by grown-ups,
words that have been through the hard school of Grammar?

'So, Berta, what are you doing here? What happened?'

And while Berta was explaining that she was spending a few
days in Madrid before leaving again for Seville, where she had
been sent by her company, Lupita was momentarily ignored
and she remembered that, before Berta had arrived, someone
else had been about to speak to her. And she turned her head,
looking at everyone there, one by one, until she found him:
Jacobo. Eyes wide, gaze fixed on him, she urged him to say his
sentence. Jacobo noticed and grew still more inhibited. For her
part, Lupita's mother, smiling sweetly, followed the direction
of her little girl's eyes. Lupita even uttered the usual password:
'Baaa!' But Jacobo, who, when he arrived, had managed some
quite acceptable phrases, now nervously crossed his legs,
stared into his glass of wine or grimly studied a painting on
the wall, or shot a fleeting glance, which he intended to appear
casual, at a newspaper or some other object. Lupita felt
suspicious, and her gaze grew more searching and persistent.
'What a strange man. It was so hard to know what he was
thinking.'

Jacobo refused, after much hesitation, to compete with Berta.
As everyone knew, her presence always made one more aware
of one's own absurdity and the need to make a good impression.
Not that he made much of an impression with his familiar long
silences, his all-consuming shyness that showed itself in the form
of an affected seriousness and slightly tactless, brusque remarks.
He could never, with any naturalness, manage those strange
verbal deviations of Berta's, those clean leaps from one word to
another. 'How's my little babbler, my baboon, my bouncing
bean!' And it worked perfectly. Lupita – like all babies – did

del mundo – podía parecer un bichejo, sin duda, pero también, en un momento dado, nos podría recordar las habichuelas blancas, suaves y de graciosa forma.

– ¿Qué tienes tú con Jacobo, hijita? ¿Por qué le miras asi? – dijo la madre.

– No para de mirarle – observaron.

Y Jacobo esbozó una sonrisa hacia Lupita con la mirada resuelta, lanzada casi a preguntar esa nada que se les pregunta a los niños. Pero la timidez, agazapada en sus ojos como dos puntos oscuros, censuraba las frases que se le ocurrían, las perseguía y borraba, dejando solo un vacío desangelado y agrio. Había un espeso silencio. Todos esperaban un desenlace, una frase de Jacobo a Lupita. Berta, medio oculta en un rincón, le observaba sonriendo imperceptiblemente, curiosa y en silencio.

– Hace calor – dijo él.

Y lo dijo como una advertencia para los demás. El quiso decir: 'Sí, efectivamente, a veces los niños miran con insistencia a una persona mayor, es una costumbre que ellos tienen, pero no debemos hacer nosotros demasiado caso, nosotros debemos hablar de nuestras cosas. Y hoy hace calor. Y resulta raro para el mes en que estamos. Esto deberíamos considerarlo aquí.'

– ¡Baaa! – se oía retadora a Lupita.

– Otros años ya refrescaba en este tiempo.

– ¡Dile algo a la niña, hombre! ¿No ves cómo te mira?

Sí. Había llegado el momento. Se acentuó el silencio, la espera. Las miradas oscilaban, pendientes de Jacobo y la niña. Jacobo, pobre, lentamente, con enorme timidez, casi con pena, dijo:

– ¡Hola! ¿Cómo estás? ¿Por qué me miras asi? ¿Qué es lo que te pasa? ¿Qué quieres? ¿Qué te he hecho yo?

babble and could certainly shriek like a baboon and, at certain moments, she actually did resemble one of those neat little butter beans, all creamy and soft.

'What's so fascinating about Jacobo, sweetie? Why do you keep looking at him like that?' said Lupita's mother.

'Yes, she won't take her eyes off him,' said the others.

And Jacobo gave Lupita a faint smile, accompanied by a determined, almost aggressive look that asked the usual nonsense one asks of children. But his shyness, crouching in his eyes like two dark dots, censured the words it occurred to him to say, pursued and erased them, leaving only a charmless, bitter void. There was a dense silence. Everyone was waiting for something to happen, for Jacobo to speak to Lupita. Half-hidden in a corner, Berta was watching and smiling imperceptibly, curious and silent.

'It's awfully hot, don't you think?' he said.

And he said this as a warning to the others. He meant to say: 'Yes, it's true, children do sometimes stare insistently at some grown-up, it's a habit they have, but we shouldn't pay them too much attention, we should simply talk about our own affairs. And it is awfully hot today. Unusual for the time of year. That's what we should be talking about.'

'Baaa!' cried Lupita defiantly.

'It's usually getting cooler by now.'

'Say something to the child! Can't you see she's looking at you?'

Yes, the moment had arrived. The silence and the expectation thickened. Eyes flicked from Jacobo to Lupita and back again. Slowly and terribly shyly, almost regretfully, Jacobo finally managed to say:

'Hello! How are you? Why are you looking at me like that? What's up? What do you want? What did I do?'

Como si hablara con un prestamista.

– ¿Qué va a querer, hijo? Que le digas algo con salero, ¿verdad? Que te ocupes de ella, ¿verdad, Lupita?

La niña rompió a llorar. Había visto la nube negra de la regañina avanzando por el cuarto sobre su cabeza. Y no hubiera querido llegar tan lejos. Las palabras habían dejado en el aire un regusto dramático, amenazante y excitador. Lupita lloraba por haberse adentrado inocentemente en un terreno ignorado para ella, en el que los vocablos, algo tiesos, destilaban cierto amargor y las situaciones cristalizaban de manera imposible. Las luces del día parpadearon y hubo en el cuarto acompasados consuelos altos y laboriosos. Lloró la niña con pucheros, con pena, con sollozos. Le duró mucho tiempo.

La tarde se entregó dócilmente. Se oían las campanadas de un reloj. Jacobo pretextó una cita, se levantó y se fue. Iba por la calle sin saber dónde, despacio. Notó algo de frío. Pensaba en Berta – le seguía gustando –; en Lupita, tan llena de simpatía y de gracia, tan hermosa; en sus amigos, en sus viejos amigos. Le hubiera gustado quedarse con ellos hasta el final.

As if he were talking to a moneylender.

'What do you *think* she wants? Say something funny, man. Pay her some attention. That's what you want, isn't it, Lupita?'

Lupita burst into tears. She had seen the scowling black cloud advancing towards her across the room. And she hadn't wanted things to go that far. The words had left a dramatic aftertaste in the air, threatening and exciting. Lupita was crying because she had ventured innocently into unknown territory, where the somewhat stiff words exuded a certain bitterness, and where situations crystallized into impossible shapes. The daylight blinked, and the room filled with loud, laborious, rhythmical words of consolation. Lupita pouted and sobbed and wept bitterly. It lasted a long time.

The evening succumbed meekly. The clock struck the hour. Jacobo made his excuses, saying that he was expected elsewhere, then got up and left. He was walking slowly down the street, not sure where he was going. It felt slightly chilly. He was thinking about Berta – to whom he still felt attracted – about Lupita, so friendly and funny and lovely, and about his friends, his old friends. How nice it would have been to have stayed with them to the end.

CARME RIERA

Volver

Al teléfono la voz angustiada de mi madre, que jamás ha
podido entender la diferencia horaria, me despertó a las
tantas de una rojiza madrugada. 'Tu padre está muy grave y
pregunta por ti.' Veinticuatro horas de viaje me resultaron
más que suficientes para poner en orden los recuerdos.
Deseché los peores y ceñí el ánimo a los más agradables,
decidida a afrontar con buena cara el mal trago que suponía
reencontrarme, muy posiblemente por última vez, con mi
padre después de diez años de distanciamiento. Ni él ni mi
madre fueron capaces de aceptar que renunciara a mi empleo
en la *Caixa* para dedicarme a escribir y menos aún me
perdonaron que me casara por lo civil con un extranjero y
continuara, después del divorcio, en Estados Unidos sin
querer regresar a su lado para recuperar – eran sus palabras –
un punto de sensatez. No les avisé de la hora de mi llegada,
ni siquiera les llamé desde el aeropuerto. Quería darles una
sorpresa y evitar en el momento del reencuentro, siempre
aplazado, la presencia de otros parientes cuya curiosidad les
hubiera hecho correr solícitos a esperarme al avión. Así que
alquilé un coche.

Cuando mi padre se jubiló decidió dejar la ciudad y
acompañado de su colección de sellos y de la resignación de
mi madre se encerró en Son Gualba, la única finca que no
quiso vender, quizá porque en sus habitaciones y salas

The Return Home

I was woken in the early hours of a rosy-fingered dawn by the
anxious voice of my mother, who has never really come to
terms with the time difference between Europe and the US.
'Your father's gravely ill and is asking for you.' Twenty-four
hours of travelling proved more than enough for me to put my
memories in order. I banished the worst and clung on to the
more pleasant ones, determined to confront with good grace
the painful experience of seeing my father, possibly for the last
time, after ten years of silence. Neither he nor my mother had
felt able to accept that I'd given up my job at the bank in order
to devote myself to writing, and had certainly never forgiven
me for marrying a foreigner (and with no church wedding
either) and then, when I eventually got divorced, had chosen
to stay on in the States rather than returning home to
recover – to use their words – a smidgeon of common sense. I
hadn't told them when I would arrive and didn't even phone
them from the airport. I wanted to surprise them and to avoid,
at the moment of that much-postponed reunion, the presence
of other relatives whose curiosity would have made them rush
solicitously to meet me at the airport. And so I hired a car.

When my father retired, he decided to leave the city and,
accompanied by his stamp collection and my very reluctant
mother, shut himself away in Son Gualba, the only one of his
properties in the countryside that he'd never wanted to sell,

pretendía escuchar aún el apagado rumor de sus juegos infantiles con que paliar un poco la inexorable decadencia de la vejez.

El paisaje atormentado que rodea la finca – al terreno calcáreo de puntiagudas aristas suceden espesos bosques de pinos motejados de oscuro por las encinas que se pierden hasta el acantilado – fue también el de los veraneos de mi infancia solitaria, el de casi todos los fines de semana de mi aburrida adolescencia y el que siempre acabó por imponerse en sueños a otros de autopistas en fuga hacia otras autopistas paralelas, cruzadas por otras perpendiculares al que no tuve más remedio que acostumbrarme. Me había familiarizado tanto con el parpadeo de los neones publicitarios, los paneles de anuncios fluorescentes, los reclamos luminosos de gasolineras y moteles que en el momento de dejar la carretera asfaltada para tomar el camino polvoriento de Son Gualba tuve la impresión de adentrarme en las páginas de uno de mis cuentos infantiles en los que siempre suele aparecer un bosque encantado.

Un atardecer anodino se escondía entre nubes, tras las montañas, cuando tomé la primera curva. Me faltaban aún veinticinco para encontrarme frente a la casa que presentía con las luces abiertas y el humo saliendo de la chimenea, aunque apenas hacía frío y mamá, desde que se desprendió de las acciones de FECSA, se había vuelto tacañísima con la luz. La imaginada humareda, de un blanco denso, algodonoso, me retrotraía a las muelles vacaciones navideñas cuando todavía la finca se explotaba y el padre Estelrich celebraba maitines en la capilla. Una lluvia menuda comenzó a tejer melancólicas blondas sobre los cristales del coche mientras yo iba examinando de memoria viejas fotografías de aquella época que, curiosamente, ya no rechazaba como antes. Al contrario, las contemplaba gustosa y sin rubor, me dejaba invadir por la

perhaps because he felt he could still hear in its rooms a faint echo of his childhood games, something that, to some extent, might help mitigate his inexorable descent into old age.

The bleak, tortured landscape that surrounds the property – a chalky terrain of razor-sharp ridges that gives way to dense pine forests interspersed with dark holly oaks reaching all the way down to the cliffs – was also the landscape of my solitary childhood summers and of nearly every weekend of my bored-rigid adolescence, the landscape that, in my dreams, always ended up imposing itself on other, very different landscapes: motorways racing towards other parallel motorways that ran perpendicular to still more motorways to which I'd simply had to accustom myself. Indeed, I'd become so used to the flicker of neon advertisements and fluorescent hoardings, to the brightly lit signs of petrol stations and motels that, when the moment came to leave behind the tarmac highway for the dusty road to Son Gualba, I felt as if I were entering the pages of one of my own children's stories, in which I nearly always include an enchanted forest.

I took the first bend on a perfectly anodyne evening as the sun, surrounded by clouds, was sinking behind the mountains. There would be another twenty-five bends to negotiate before I reached the house, which I imagined would have all its lights lit and smoke curling up from the chimney, even though it wasn't really cold and even though my mother had become very penny-pinching since she sold all her shares. That imagined smoke, dense and white as cotton wool, took me back to the cosy Christmas holidays when the surrounding land was still being worked and Father Estelrich still celebrated matins in the chapel. A fine drizzle began to leave a melancholy tracery on the windscreen while I mentally reviewed old photographs from a time which, oddly enough, I no longer found distasteful. On the contrary, I enjoyed them and, without a hint of a blush,

nostalgia. A medio camino las gotas se hicieron densas, magmáticas, violentas. Con la zozobra de que la tormenta me alcanzara de lleno antes de llegar a casa aceleré. Los faros sorprendieron los ojos inmóviles de una lechuza. La lluvia arreciaba y un viento de lobos, fuerte y hostil, desequilibraba, a rachas, el coche.

Conozco palmo a palmo los tres kilómetros de camino que separan la carretera de la *clastra* de la casa, en qué lugar termina la espesura del bosque y comienzan los bancales, en qué sitio el camino se cruza con el torrente o dónde crece el único pino piñonero. Recuerdo con obstinada precisión qué panorama se divisa al salir de todas y cada una de las curvas y en qué ángulo de la última vuelta se divisan los muros de la finca, rodeados de árboles frutales. Conozco desde todas las estaciones, desde todas las horas del día, cada rincón de Son Gualba y por eso, por más que la lluvia cayera espesa y la visibilidad fuera casi nula, no puedo haberme equivocado en la distancia.

El aguacero me obligaba a avanzar con lentitud. Reduje la marcha aún más porque entre la curva diez y la once se produce una pendiente muy pronunciada que resulta extremadamente peligrosa cuando se inunda, ya que el terraplén de la parte izquierda, sin ninguna valla de protección, parece a punto de ceder sobre el precipicio. Confieso que el pánico se iba apoderando de mi estado de ánimo. Al miedo por la tormenta se imponía otro peor. Tenía la vivísima impresión de que mi esfuerzo iba a resultar inútil, de que no podía regresar a casa a tiempo de abrazar a mi padre con vida, de que jamás sería posible una reconciliación definitiva.

El parabrisas no daba abasto sometido como estaba a una cortina tan densa que parecía tener también la intención de hundir el capó y el techo del coche. Violentamente, en la oscuridad se me impuso el rostro de mi padre en la agonía, afilado por la muerte. En el rictus amoratado de sus labios ya

even allowed myself to be filled with nostalgia. When I was halfway there, the drops grew thicker, more violent and lava-like. Worried that the storm would break before I reached the house, I accelerated. My headlights startled the motionless eyes of an owl. The rain grew heavier, and the car was occasionally shaken by a fierce, hostile, vulpine wind.

I know every centimetre of the three kilometres that separate the main road from the rough track that leads to the house; I know exactly where the woods end and the vine terraces begin, where the road crosses the stream or where a solitary stone pine grows. I remember with stubborn precision the view that appears after each and every bend in the road and the exact point at which the estate walls, surrounded by fruit trees, become visible from the final bend. I know every corner of Son Gualba, in every season and at every time of day, and that is why, however heavy the rain and even in almost zero visibility, I cannot possibly have gone wrong.

The rain obliged me to drive slowly. I reduced my speed still more because, between bends ten and eleven, there's a very steep slope that can be really perilous when it floods, because then the embankment on the left, with no protective wall, seems about to plunge over the precipice. I admit that panic was beginning to take hold. A still worse fear was added to my fear of the storm. I had a sudden keen sense that all my efforts would prove futile, that I wouldn't get home in time to embrace my father before he died, that there would be no final reconciliation.

The windscreen couldn't cope with the dense curtain of rain that seemed intent on drenching the car bonnet and the roof. In the darkness I was assailed by the grim image of my dying father, his gaunt face. There was no room on the blue rictus of his lips for kisses or words.

no cabrían ni los besos ni las palabras. En aquel instante lo hubiera dado todo para encontrarle igual que cuando me fui, por más que siguiera rechazándome.

Con todas mis fuerzas traté de exorcizar aquellas imágenes cambiándolas por otras mejores, como venía haciendo en las últimas horas y casi noté la mano fuerte de mi padre tomando suavemente mi manita de niña miedosa una tarde que el temporal nos cogió también en el bosque y pretendí escuchar de nuevo sus cuentos de hadas y encantamientos que después habría de recrear en mis libros y que nunca le oí terminar porque siempre me dormia cuando a la bruja mala se le comenzaban a torcer las cosas. Pero de nuevo la voz de mi madre me sustrajo al presente: 'Tu padre está grave y pregunta por ti.' Un bache demasiado violento casi me hizo perder el control del coche y al evitarlo con un equivocado frenazo brusco, calé el motor. Fue inútil volver a ponerlo en marcha. Lo intenté una, dos, tres, veinte, cincuenta veces sin ningún resultado. Al principio me respondía con un estertor agónico, luego ni eso. Con los puños cerrados descargué toda mi furia sobre el panel. El reloj marcaba las siete en punto. Fuera era noche cerrada. Implacable volvía a imponerse el rostro de mi padre moribundo. Intuía que sus ojos casi inexpresivos me buscaban por cada rincón del cuarto. Estaba totalmente convencida de que presentía mi presencia muy cerca y que quería hablarme. Magnetizada por su reclamo salí del coche y comencé a andar. La tierra se hundía bajo mis pies como si pisara sobre un lodazal. El ruido de las aguas del torrente me indicó que estaba sólo a un kilómetro de Son Gualba. Avanzaba con mucha dificultad, a tientas, intentando agarrarme a las ramas para vadear la torrentera pero a la vez tratando de evitar sus rasguños. De pronto, algo me hizo tropezar y caí al suelo. A duras penas logré levantarme. El

At that moment, I would have given anything to find him just as he was when I left, even if he continued to reject me.

I tried desperately to exorcise these images and replace them with other, more pleasant ones, as I had succeeded in doing up until then, and I almost felt my father's strong hand gently taking mine when I was a frightened little girl and we got caught in a storm in the woods, and I tried to summon up his voice telling me stories of fairies and magic spells that I would later go on to recreate in my own books, and which I never heard him finish because I always fell asleep just as things were starting to go wrong for the wicked witch. But once again my mother's voice brought me back to the present: 'Your father's gravely ill and keeps asking for you.' A particularly deep pothole almost made me lose control of the car and, when I made the mistake of braking suddenly, I stalled the engine. I tried to start it again, but in vain. I tried once, twice, three times, twenty or fifty times, but to no avail. At first, it responded with a faint, dying stutter, then not even that. I vented my fury by pounding on the steering wheel with my clenched fists. According to the clock, it was seven o'clock exactly and already pitch-black night. The face of my moribund father rose implacably before me. I could imagine his almost expressionless eyes searching for me in every corner of the room. I was utterly convinced that he could sense how close I was to home and that he wanted to speak to me. In response to this summons, I got out of the car and started walking. My feet sank into the mud as if I were walking through a quagmire. The sound of the stream's rushing waters told me that I was only one kilometre from Son Gualba. I struggled on, feeling my way and trying to hang on to branches as I waded through the torrents, while at the same time trying to avoid getting scratched. Suddenly, I tripped on something and fell to the

tobillo me dolía terriblemente. Notaba como se iba hinchando aprisionado en la bota. Arrastrando la pierna izquierda conseguí avanzar unos metros y volví a caerme. Debí perder el sentido a causa del dolor.

No sé cuánto tiempo estuve en el suelo pero debió ser bastante porque al levantarme no estaba casi mojada. La lluvia había cesado por completo y el tobillo casi no me dolía. De lejos me llegaba el olor fresco, espirituoso de limones y mandarinas, diluido en un aire finísimo que apenas si movía las hojas de los árboles. La noche se había vuelto de una diafanidad turbadora. A la luz de una luna casi llena me di cuenta de que estaba muy cerca de casa, justo a punto de cruzar la primera verja, la que da al sendero, que, después de rodear el huerto de naranjos, conduce hasta el patio principal. Al abrirla gimieron los goznes pero ningún perro ladró. Las luces del primer piso, el único que habitaban ahora mis padres, estaban encendidas y salía humo de la chimenea del salón. Tan grande era la necesidad de llegar que no me paré a pensar en cómo finalmente había conseguido mi propósito. Al cruzar el patio, el aroma de las acerolas me impregnó todos los poros de la piel y olí con la misma intensidad que el día de mi partida. Durante diez años intenté encontrar este olor sin conseguirlo en todas las frutas posibles y ahora, finalmente, podía aspirarlo a mis anchas. Cuando me paré en el rellano las piernas me temblaban. No tuve que llamar porque la puerta estaba entreabierta. En la antesala nada había cambiado. Los sillones frailunos estaban milimétricamente adosados en su lugar exacto. Los cuadros con antepasados tétricos cubrían las paredes hasta el techo, como siempre, y como siempre los cobres brillaban sobre los arcones. Incluso las llaves que dejé al marchar permanecían sobre la misma bandeja. No pude reprimir cogerlas y las guardé en el bolsillo. Al entornar la

ground. When I finally clambered to my feet, my left ankle was throbbing. I could feel it swelling up inside my boot. Dragging my injured leg, I managed to advance a little further only to fall again. I must have passed out from the pain.

I don't know how long I was lying there, but it must have been quite a while because, when I stood up, my clothes were almost dry. The rain had stopped completely, and my ankle hardly hurt at all. From far off came the fresh, intoxicating smell of oranges and lemons, diluted by a breeze so faint it barely stirred the leaves of the trees. The night had taken on a troublingly diaphanous air. By the light of an almost full moon, I realized that I was very close to the house, next to the first wrought-iron gate, the one that opened onto the path that goes around the orchard and into the main courtyard. The hinges creaked when I opened the gate, but no dog barked. The lights were on upstairs on the first floor, the only floor occupied by my parents, and smoke was rising up from the chimney. So great was my need to arrive, that I didn't even stop to consider just how I had reached that point. As I crossed the courtyard, the scent from the cherry blossom impregnated every pore of my skin, and I could smell it with the same intensity as on the day I left. For ten years I had tried and failed to find that smell again, now, finally, I could take in whole gulps of it. When I paused on the landing, my legs were shaking. I didn't have to knock because the door stood ajar. Nothing had changed. The monkish armchairs stood in precisely the same positions. The portraits of gloomy ancestors covered the walls right up to the ceiling as they always had, and the brass fastenings on the large chests gleamed as they always had. Even the keys I had put down when I left were still there on the same tray. I couldn't resist picking them up and putting them in my pocket. As I pushed open the door, the wall clock welcomed

puerta, el reloj de pared me recibió con una campanada. La voz de mi madre me llegó desde la cocina.

– María, ¿eres tú? ¡Qué alegría, hija! Me lo decía el corazón.

Y corrí a su lado. Nos abrazamos. La encontré igual. El tiempo había sido absolutamente considerado con ella. Tenía un aspecto inmejorable. Iba peinada, según su costumbre, con el pelo recogido y hasta llevaba el mismo traje azul de lanilla que el día que nos despedimos.

– ¿Y papá?

– No sabes lo contento que va a ponerse. ¡Bernardo, Bernardo . . .! María está aquí, ha vuelto.

En el reloj sonó la última campanada. Eran las siete en punto igual que el día en que me marché.

– Ven, hija. Tu padre tiene la televisión demasiado alta y no nos oye. Como dicen que de hoy no pasa . . . Espera noticias.

Perpleja, incapaz de preguntar nada, seguí a mi madre al cuarto de estar. Mi padre, en efecto, veía tranquilamente la televisión. En un avance informativo el locutor con cara circunspecta aseguraba que '. . . la salud de su Excelencia el Jefe del Estado ha entrado en un estado crítico.'

Rechacé con violencia, a arañazos, a mi madre y antes de que mi padre pudiera incorporarse de su sillón corrí hasta la puerta convencida de que ellos no existían, que eran únicamente las sombras proyectadas por mis deseos, los fantasmas que al anochecer volvían a ocupar las habitaciones que les pertenecieron, como ocupaban a menudo mi cabeza por más que nos separara una distancia de diez mil kilómetros y diez años de malos entendidos. Pero me equivoqué y cometí un error imperdonable. Fui temerosa hasta la cobardía, estúpidamente racional en un momento en que sólo los sentimientos deberían de haber contado, incapaz de aceptar que los milagros existen fuera de las leyendas y

me with a single chime. I heard my mother's voice calling to me from the kitchen.

'Is that you, María? How wonderful! I thought it was you.'

I ran to her side, and we embraced. She hadn't changed at all. Time had been very kind to her. She looked her usual impeccable self, with her hair neatly caught back, and she was even wearing the same blue flannel suit she'd worn the day we said goodbye.

'And Papa?'

'Oh, he'll be so pleased to see you. Bernardo! Bernardo! María's here. She's come back.'

The clock gave its final chime. It was seven o'clock on the dot, just as it had been on the day I left.

'Come along, dear. Your father's got the TV on too loud and can't hear us. The doctors are saying he won't last the day, so he's waiting for news.'

Too bewildered to ask any questions, I followed my mother into the living room. My father was indeed quietly watching the TV. A grave-faced newsreader was reading out the headlines '. . . the health of His Excellency the Head of State has now entered a critical phase.'

I violently pushed my mother out of the way, scratching her face as I did so, and, before my father could get up from his chair, I ran to the door, convinced that neither of them really existed and that they were mere shadows, mere projections of my own desires, the ghosts that each night occupied their respective bedrooms, just as they often occupied my mind despite the ten thousand kilometres and ten years of misunderstandings separating us. But I was wrong and made an unforgivable mistake. I was timorous to the point of cowardice, foolishly rational at a time when only feelings should have counted, incapable of accepting that miracles do actually exist outside legends and that it isn't only in fairy tales

que el deseo tiene fuerza suficiente, más allá de los cuentos, para otorgarnos lo imposible. Sin duda, si hubiera aceptado lo que ocurría integrándome con normalidad a un atardecer de diez años antes, mi padre hubiera muerto diez años después y mi madre tendría mucha más vida por delante. Pero me negué y sobrevino la catástrofe.

Mi padre murió una hora después de mi llegada a Palma sobre las siete de la tarde cuando a mí el dolor me dejó inconsciente sobre el camino enfangado. El médico insiste en que todo lo que me sucedió luego fue producto de una alucinación mía y que por desgracia no llegué a pisar Son Gualba, por mucho que le enseño las llaves – mis llaves – que tomé de la bandeja y le aseguro que mi madre me observa en silencio y con hostilidad mientras persigue con el dedo índice las marcas de unos arañazos inexplicables sobre su mejilla izquierda.

that impossible wishes are granted. If I had accepted what was happening as perfectly normal and slipped casually back into an evening that took place ten years before, my father would probably have died ten years later and my mother would have many more years of life ahead of her. But I refused to do this, and with disastrous consequences.

My father died an hour after my arrival in Palma de Mallorca at around seven o'clock on the evening when the pain of my sprained ankle had left me lying unconscious on the muddy road. The doctor insists that everything that happened afterwards was the result of an hallucination and that I never got as far as Son Gualba, however often I show him the keys – my keys – the keys I picked up from the tray, and however often I assure him that my mother is looking at me in hostile silence while she runs her index finger over the unexplained scratch marks on her left cheek.

LEOPOLDO ALAS, 'CLARÍN'

El dúo de la tos

El gran hotel del *Águila* tiende su enorme sombra sobre las
aguas dormidas de la dársena. Es un inmenso caserón
cuadrado, sin gracia, de cinco pisos, falansterio del azar,
hospicio de viajeros, cooperación anónima de la indiferencia,
negocio por acciones, dirección por contrata que cambia a
menudo, veinte criados que cada ocho días ya no son los
mismos, docenas y docenas de huéspedes que no se conocen,
que se miran sin verse, que siempre son *otros* y que cada cual
toma por los de la víspera.

'Se está aquí más solo que en la calle, tan solo como en el
desierto,' piensa un *bulto*, un hombre envuelto en un amplio
abrigo de verano, que chupa un cigarro apoyándose con
ambos codos en el hierro frío de un balcón, en el tercer piso.
En la obscuridad de la noche nublada, el fuego del tabaco
brilla en aquella altura como un gusano de luz. A veces
aquella chispa triste se mueve, se amortigua, desaparece,
vuelve a brillar.

'Algún viajero que fuma,' piensa otro *bulto*, dos balcones
más a la derecha, en el mismo piso. Y un pecho débil, de
mujer, respira como suspirando, con un vago consuelo por el
indeciso placer de aquella inesperada compañía en la soledad y
la tristeza.

'Si me sintiera muy mal, de repente; si diera una voz para
no morirme sola, ese que fuma ahí me oiría,' sigue pensando la

Duet for Two Coughs

The Aguila Hotel casts its enormous shadow over the sleeping waters of the harbour. It is a huge, square edifice, a rambling, rather graceless five-storey building, an accidental utopia, a shelter for travellers, a joint-stock company of indifference, a joint-stock company with an ever-changing team of managers and a staff of twenty who are different every week, along with dozens and dozens of guests who don't know each other, who look straight through each other, who are always 'other' and yet whom every guest assumes to be whoever was there the night before.

'You're more alone here than you would be in the street, or in the desert,' thinks a 'shape', a man wrapped in a loose summer overcoat, as he smokes a cigar, elbows resting on the cold metal balustrade of his third-floor balcony. At that height, and in the darkness of that cloudy night, the light from his cigar looks like a glow-worm. That sad spark sometimes moves, dims, disappears, then blazes forth again.

'A traveller smoking,' thinks another shape two balconies along to the right, on the same floor. And a weak chest, a woman's chest, breathes out as if sighing, taking some small consolation in the uncertain pleasure of finding unexpected company in her solitude and sadness.

'If I were suddenly to feel very ill, if I were to cry out so as not to die alone, that smoker would hear me,' the woman

mujer, que aprieta contra un busto delicado, quebradizo, un chal de invierno, tupido, bien oliente.

'Hay un balcón por medio; luego es en el cuarto número 36. A la puerta, en el pasillo, esta madrugada, cuando tuve que levantarme a llamar a la camarera, que no oía el timbre, estaban unas botas de hombre elegante.'

De repente desapareció una claridad lejana, produciendo el efecto de un relámpago que se nota después que pasó.

'Se ha apagado el foco del Puntal,' piensa con cierta pena el *bulto* del 36, que se siente así más solo en la noche. 'Uno menos para velar; uno que se duerme.'

Los vapores de la dársena, las panzudas gabarras sujetas al muelle, al pie del hotel, parecen ahora sombras en la sombra. En la obscuridad el agua toma la palabra y brilla un poco, cual una aprensión óptica, como un dejo de la luz desaparecida, en la retina, fosforescencia que padece ilusión de los nervios. En aquellas tinieblas, más dolorosas por no ser completas, parece que la idea de luz, la imaginación recomponiendo las vagas formas, necesitan ayudar para que se vislumbre lo poco y muy confuso que se ve allá abajo. Las gabarras se mueven poco más que el minutero de un gran reloj; pero de tarde en tarde chocan, con tenue, triste, monótono rumor, acompañado del ruido de la marea que a lo lejos suena, como para imponer silencio, con voz de lechuza.

El pueblo, de comerciantes y bañistas, duerme; la casa duerme.

El *bulto* del 36 siente una angustia en la soledad del silencio y las sombras.

De pronto, como si fuera un formidable estallido, le hace temblar una tos seca, repetida tres veces como canto dulce de codorniz madrugadora, que suena a la derecha, dos balcones más allá. Mira el del 36, y percibe un *bulto* más

thinks, clutching a thick, perfumed winter shawl to her delicate, fragile breast.

'There's a balcony between us, so that must be room 36. This morning, when I had to get up to call the maid because she didn't hear the bell, I saw an elegant pair of boots in the corridor outside that door.'

A distant light suddenly vanished, with an effect like lightning, which you only notice when it's gone.

'That's the beacon at the end of El Puntal beach going out,' thinks the shape in room 36 rather glumly, feeling even lonelier in the night. 'One less person to keep watch, another one falling asleep.'

The steamships in the harbour, the big-bellied barges at the dock, just near the hotel, now resemble shadows among the shadows. In the darkness, the water takes centre stage and glitters faintly, like an optical illusion, like the glow of an extinguished light retained by the retina, an illusory phosphorescence. In the gloom, all the more painful for being incomplete, it seems that both the idea of light, and the imagination struggling to make sense of the vague shapes, need help in making out what little can be seen below. The barges move only slightly more perceptibly than the minute hand on a big clock, but now and then they bump against each other with a soft, sad, monotonous thwock, accompanied by the sea in the distance, like the clicking cry of a barn owl trying to impose silence.

The town, a town of businessmen and bathers, is sleeping; the whole house is sleeping.

The shape in room 36 senses an anguish in that silent, shadowy solitude.

Suddenly, as if he had heard a great explosion, he's shaken by the sound of a dry cough, repeated three times like the gentle call of an early-rising quail; it comes from his right, two balconies along. Room 36 looks over and notices a shape that is only slightly

negro que la obscuridad ambiente, del matiz de las gabarras de abajo. 'Tos de enfermo, tos de mujer.' Y el del 36 se estremece, se acuerda de sí mismo; había olvidado que estaba haciendo una gran calaverada, una locura. ¡Aquel cigarro! Aquella triste contemplación de la noche al aire libre. ¡Fúnebre orgía! Estaba prohibido el cigarro, estaba prohibido abrir el balcón a tal hora, a pesar de que corría Agosto y no corría ni un soplo de brisa. '¡Adentro, adentro! ¡A la sepultura, a la cárcel horrible, al 36, a la cama, al nicho!'.

Y el 36, sin pensar más en el 32, desapareció, cerró el balcón con triste rechino metálico, que hizo en el *bulto* de la derecha un efecto de melancolía, análogo al que produjera antes en el *bulto* que fumaba la desaparición del foco eléctrico del Puntal.

'Sola del todo,' pensó la mujer, que, aún tosiendo, seguía allí, mientras hubiera aquella *compañía* . . .
compañía semejante a la que se hacen dos estrellas
que nosotros vemos, desde aquí, juntas, gemelas,
y que allá en lo infinito, ni se ven ni se
entienden.

Después de algunos minutos, perdida la esperanza de que *el* 36 volviera al balcón, la mujer que tosía se retiró también; como un muerto que, en forma de fuego fatuo respira la fragancia de la noche y se vuelve a la tierra.

Pasaron una, dos horas. De tarde en tarde hacia dentro, en las escaleras, en los pasillos, resonaban los pasos de un huésped trasnochador; por las rendijas de la puerta entraban en las lujosas celdas, horribles con su lujo uniforme y vulgar, rayos de luz que giraban y desaparecían.

Dos o tres relojes de la ciudad cantaron la hora; solemnes campanadas precedidas de la tropa ligera de los cuartos, menos

darker than the surrounding darkness, the same shade of black as the barges down below. 'The cough of someone ill, the cough of a woman.' And room 36 shudders and thinks of his own situation; he had forgotten that he was engaged in a rakish act of folly, namely, smoking a cigar and standing in the cool air gazing sadly out at the night. A rather funereal orgy! He had been forbidden to smoke or to open his balcony door at that hour, even though it was August and there wasn't so much as the breath of a breeze. 'Inside! Inside! To your tomb, to your horrible prison cell, to room 36, to bed, to your niche in the cemetery wall!'

And without another thought for room 32, room 36 disappeared, closed the balcony door with a sad, metallic squeak, a sound that had a melancholy effect on the shape to the right, much as the disappearance of the light near the beach had had on the shape smoking the cigar.

'Entirely alone,' thought the woman, who, still coughing, had remained where she was while she had company, a 'company' that was rather like that of two stars, which, seen from below, appear to be close together, like twins, but which, out there in the infinite, can neither see each other nor know of each other's existence.

After a few minutes, having lost all hope that room 36 would come back out onto his balcony, the woman who coughed also went inside, like a corpse in the form of a will-o'-the-wisp breathing in the fragrance of the night and returning to earth.

One hour, then two hours passed. On the stairs, in the corridors, the footsteps of a late-returning guest could occasionally be heard; rays of light came and went, slipping in through the cracks in the doors of those luxurious cells, horrible in their vulgar uniformity.

A few clocks in the town sang out the hour; solemn tollings preceded by the light infantry, less lugubrious and less

lúgubres y significativos. También en la fonda hubo reloj que repitió el alerta.

Pasó media hora más. También lo dijeron los relojes.

'Enterado, enterado,' pensó el 36, ya entre sábanas; y se figuraba que la hora, sonando con aquella solemnidad, era como la firma de los pagarés que iba presentando a la vida su acreedor, la muerte. Ya no entraban huéspedes. A poco, todo debía de dormir. Ya no había testigos; ya podía salir la fiera; ya estaría a solas con su presa.

En efecto; en el 36 empezó a resonar, como bajo la bóveda de una cripta, una tos rápida, enérgica, que llevaba en sí misma el quejido ronco de la protesta.

'Era el reloj de la muerte,' pensaba la víctima, el número 36, un hombre de treinta años, familiarizado con la desesperación, solo en el mundo, sin más compañía que los recuerdos del hogar paterno, perdidos allá en lontananzas de desgracias y errores, y una sentencia de muerte pegada al pecho, como una factura de viaje a un *bulto* en un ferrocarril.

Iba por el mundo, de pueblo en pueblo, como *bulto* perdido, buscando aire sano para un pecho enfermo; de posada en posada, peregrino del sepulcro, cada albergue que el azar le ofrecía le presentaba aspecto de hospital. Su vida era tristísima y nadie le tenía lástima. Ni en los folletines de los periódicos encontraba compasión. Ya había pasado el romanticismo que había tenido alguna consideración con los tísicos. El mundo ya no se pagaba de sensiblerías, o iban estas por otra parte. Contra quien sentía envidia y cierto rencor sordo el número 36 era contra el proletariado, que se llevaba toda la lástima del público. – El pobre jornalero, ¡el pobre jornalero! – repetía, y nadie se acuerda del pobre tísico, del pobre condenado a muerte de que no han de hablar los periódicos. La muerte del prójimo, en no siendo digna de la Agencia Fabra, ¡qué poco le importa al mundo!

significant, of the quarter hours. In the hotel, too, there was a clock that repeated the same warning note.

Another half hour passed, again noted by all the clocks.

'I know, I know,' thought room 36, tucked up beneath his sheets now; and he imagined that the solemnly tolling hour was like the signature on the IOUs being presented to life by life's creditor, death. No more guests would arrive now. Soon everyone should be asleep. There were no more witnesses; the skulking beast would not come out now and would be alone with its prey.

And, as if beneath the vault of a crypt, room 36 began to echo to a rapid, energetic cough, which carried within itself a hoarse wail of protest.

'The clock of death,' thought the victim, that is, room 36, a man in his thirties, familiar with despair, alone in the world, with, as sole companion, the memories of his childhood home, lost in a distant past of misfortunes and mistakes, and with a death sentence pinned to his chest like an address label on a parcel on a train.

And, like a lost parcel, he travelled around, from town to town, in search of healthy air for his ailing chest; from inn to inn, like a pilgrim of the grave, and every hotel he chanced upon now looked to him more and more like a hospital. His was a terribly sad life, and yet no one pitied him. He did not even find sympathy in the serialized stories in the newspapers. The Romanticism that had shown some compassion for the consumptive was long gone. The world had no time now for mawkish sentimentality, or perhaps those feelings had moved elsewhere. The people that room 36 envied and rather resented were the proletariat, who were now the object of everyone's pity. 'The poor worker, the poor worker!' everyone said, and no one gave a thought for the 'poor' consumptive, the poor condemned man ignored now by the newspapers. If someone's death was of no importance to the news agencies, then why should the world care?

Y tosía, tosía, en el silencio lúgubre de la fonda dormida, indiferente como el desierto. De pronto creyó oír como un eco lejano y tenue de su tos . . . Un eco . . . en tono menor. Era la del 32. En el 34 no había huésped aquella noche. Era un nicho vacío.

La del 32 tosía, en efecto; pero su tos era . . . ¿cómo se diría? más poética, más dulce, más resignada. La tos del 36 protestaba; a veces rugía. La del 32 casi parecía un estribillo de una oración, un miserere; era una queja tímida, discreta, una tos que no quería despertar a nadie. El 36, en rigor, todavía no había aprendido a toser, como la mayor parte de los hombres sufren y mueren sin aprender a sufrir y a morir. El 32 tosía con arte; con ese arte del dolor antiguo, sufrido, sabio, que suele refugiarse en la mujer.

Llegó a notar el 36 que la tos del 32 le acompañaba como una hermana que vela; parecía toser para acompañarle.

Poco a poco, entre dormido y despierto, con un sueño un poco teñido de fiebre, el 36 fue transformando la tos del 32 en voz, en música, y le parecía entender lo que decía, como se entiende vagamente lo que la música dice.

La mujer del 32 tenía veinticinco años, era extranjera; había venido a España por hambre, en calidad de institutriz en una casa de la nobleza. La enfermedad la había hecho salir de aquel asilo; le habían dado bastante dinero para poder andar algún tiempo sola por el mundo, de fonda en fonda; pero la habían alejado de sus disciplinas. *Naturalmente*. Se temía el contagio. No se quejaba. Pensó primero en volver a su patria. ¿Para qué? No la esperaba nadie; además, el clima de España era más benigno. Benigno, sin querer. A ella le parecía esto muy frío, el cielo azul muy triste, un desierto. Había subido hacia el Norte, que se parecía un poco más a su patria. No hacía más que

And he coughed and coughed in the grim silence of the
sleeping hotel, as indifferent as the desert. Suddenly, he thought
he heard a kind of distant, tenuous echo of his cough . . . An
echo . . . in a minor key. It was coming from room 32. There was
no one staying in room 34 that night. It was an empty grave.

Yes, the woman in room 32 was coughing, but her cough was,
how can I put it, gentler, more poetic, more resigned. Room 36's
cough protested and sometimes roared. Room 32's cough was
almost like the response in a prayer, a miserere; it was a shy,
discreet complaint, a cough that hoped not to disturb anyone.
To be honest, room 36 had not yet learned how to cough, just as
most men suffer and die without ever learning how to suffer and
die. Room 32 coughed with a degree of skill, with a wise,
ancient, long-suffering pain usually to be found in women.

Room 36 began to notice that her cough accompanied him
like a sister watching over him; she seemed to cough in order
to keep him company.

Gradually, half-asleep, half-awake and slightly feverish, room
36 began to transform room 32's cough into a voice, into
music, and he seemed to understand what she was saying, just
as one can vaguely understand what music is saying.

The woman in room 32 was twenty-five and a foreigner; she
had come to Spain out of hunger, to work as a governess to
the nobility. Illness had driven her from that particular haven;
they had given her enough money to be able to wander alone
through the world, from hotel to hotel, but they had taken her
pupils from her. *Of course.* They feared contagion. She didn't
complain. Initially, she thought of returning to her own
country. But what was the point? No one was waiting for her
there; besides, the climate in Spain was – quite unwittingly –
more benign. This place seemed very cold to her, though, the
blue sky sad, a desert. She had travelled north, where the
landscape was more like home. All she did now was move

eso, cambiar de pueblo y toser. Esperaba locamente
encontrar alguna ciudad o aldea en que la gente amase a los
desconocidos enfermos.

La tos del 36 le dio lástima y le inspiró simpatía. Conoció
pronto que era trágica también. 'Estamos cantando un dúo,'
pensó; y hasta sintió cierta alarma del pudor, como si
aquello fuera indiscreto, una cita en la noche. Tosió porque
no pudo menos; pero bien se esforzó por contener el primer
golpe de tos.

La del 32 también se quedó medio dormida, y con algo de
fiebre; casi deliraba también; también *transportó* la tos del 36 al
país de los ensueños, en que todos los ruidos tienen palabras.
Su propia tos se le antojó menos dolorosa *apoyándose* en
aquella *varonil* que la protegía contra las tinieblas, la soledad
y el silencio. 'Así se acompañarán las almas del purgatorio.'
Por una asociación de ideas, natural en una institutriz, del
purgatorio pasó al infierno, al del Dante, y vio a *Paolo* y
Francesca abrazados en el aire, arrastrados por la *bufera
infernal*.

La idea de la pareja, del amor, del dúo, surgió antes en el
número 32 que en el 36.

La fiebre sugería en la institutriz cierto misticismo erótico,
¡erótico! no es esta la palabra. ¡Eros! el amor sano, pagano
¿qué tiene aquí que ver? Pero en fin, ello era amor, amor de
matrimonio antiguo, pacífico, compañía en el dolor, en la
soledad del mundo. De modo que lo que en efecto le quería
decir la tos del 32 al 36 no estaba muy lejos de ser lo mismo
que el 36, delirando, venía como a adivinar:

'¿Eres joven? Yo también. ¿Estás solo en el mundo? Yo
también. ¿Te horroriza la muerte en la soledad? También a mí.
¡Si nos conociéramos! ¡Si nos amáramos! Yo podría ser tu
amparo, tu consuelo. ¿No conoces en mi modo de toser que
soy buena, delicada, discreta, *casera*, que haría de la vida

from town to town and cough. She was still clinging to the mad hope that she might find some town or village whose inhabitants had a fondness for dying strangers.

Room 36's cough filled her with pity and aroused her sympathy. She realized at once that he, too, was a tragic case. 'We're singing a duet,' she thought, and even felt slightly ashamed, as if this thought were indiscreet on her part, like a night-time assignation. She coughed because she couldn't help it, but she had tried to suppress that first bout of coughing.

Room 32 was also drifting off into a slightly feverish half-sleep, verging on delirium. She, too, 'transported' room 36's cough into the land of dreams, where all noises have words. Her own cough seemed less painful if she 'leaned' on that manly cough, which protected her from the darkness, the loneliness and the silence. 'This must be what it's like for souls in purgatory.' By an association of ideas, natural in a governess, she went from purgatory to the inferno, Dante's inferno, and saw Paolo and Francesca embracing in the air, borne along by the infernal hurricane.

The idea of the couple, of love, of the duet arose not in room 36, but in room 32.

Fever prompted in the governess a certain erotic mysticism. Erotic? No, that's not the right word. Eros represented healthy, pagan love, and there was nothing like that here. Nevertheless, it was still love, the tranquil love of an old married couple, finding companionship in grief and in the solitude of the world. So what room 32's cough was saying to room 36 was not so very far from what room 36, in his delirium, had sensed:

'Are you young? So am I. Are you alone in the world? So am I. Are you horrified by the idea of dying alone? So am I. If only we could meet! If only we could love each other! I could be your shelter, your consolation. Can't you sense in the way I cough that I am kind, delicate, discreet, home-loving, that I would make of

precaria un nido de pluma blanda y suave, para acercarnos
juntos a la muerte, pensando en otra cosa, en el cariño? ¡Qué
solo estás! ¡Qué sola estoy! ¡Cómo te cuidaría yo! ¡Cómo tú me
protegerías! Somos dos piedras que caen al abismo, que
chocan una vez al bajar y nada se dicen, ni se ven, ni se
compadecen . . . ¿Por qué ha de ser así? ¿Por qué no hemos de
levantarnos ahora, unir nuestro dolor, llorar juntos? Tal vez de
la unión de dos llantos naciera una sonrisa. Mi alma lo pide; la
tuya también. Y con todo, ya verás cómo ni te mueves ni me
muevo.'

Y la enferma del 32 oía en la tos del 36 algo
muy semejante a lo que el 36 deseaba y
pensaba:

'Sí, allá voy; a mí me toca; es natural. Soy un enfermo,
pero soy un galán, un caballero; sé mi deber; allá voy.
Verás que delicioso es, entre lágrimas, con perspectiva de
muerte, ese amor que tú sólo conoces por los libros y
conjeturas. Allá voy, allá voy . . . si me deja la tos . . . ¡esta
tos! . . . ¡Ayúdame, ampárame, consuélame! Tu mano
sobre mi pecho, tu voz en mi oído, tu mirada en mis
ojos . . .'

Amaneció. En estos tiempos, ni siquiera los tísicos son
consecuentes románticos. El número 36 despertó, olvidado
del sueño, del dúo de la tos.

El número 32 acaso no lo olvidara; pero ¿qué iba a hacer?
Era sentimental la pobre enferma, pero no era loca, no era
necia. No pensó ni un momento en buscar realidad que
correspondiera a la ilusión de una noche, al vago consuelo
de aquella compañía de la tos nocturna. Ella, eso sí, se había
ofrecido de buena fe; y aún despierta, a la luz del día,
ratificaba su intención; hubiera consagrado el resto,
miserable resto de su vida, *a cuidar aquella tos de hombre* . . .

our precarious lives a soft, warm, feathered nest, so that we could approach death together while thinking of something else – affection. How alone you are! What good care I would take of you! How you would protect me! We are two stones dropping into the abyss and which, knocking together as they fall, say nothing, see nothing, don't even pity each other . . . Why must it be like that? Why shouldn't we get up now and unite our twin griefs and weep together? Perhaps out of the union of two griefs there might spring a smile. My soul is crying out for that, yours too. And yet, as you see, you don't move, nor do I.'

And the ailing woman in room 32 could hear in room 36's cough something very similar to what room 36 was wanting and thinking:

'Yes, I'll go over there. It falls to me, after all. I may be ill, but I'm a young man, a gentleman. I know my duty. I'm going over there. You'll see, despite our tears and the prospect of death, how delightful it will be, the love you know only from books and your imagination. I'm going, yes, I'm going . . . if only my cough will let me, oh, this wretched cough! Help me, protect me, console me! Your hand on my breast, your voice in my ear, your eyes gazing into mine . . .'

Daybreak. These days, not even consumptives are consistent in their romantic longings. Room 36 woke up, having forgotten all about his dream and about the duet.

Room 32 had not perhaps forgotten, but what could she do? She might be sentimental, but she was neither mad nor a fool. She did not for one moment think of making her night-time illusion – the vague consolation of that accompanying cough – a reality. She had offered herself up in good faith, and even when awake, in the harsh light of day, she still approved of her intention; she would have devoted the rest, the miserable rest of her life to tend to that man's cough. Who could he be?

¿Quién sería? ¿Cómo sería? ¡Bah! Como tantos otros príncipes rusos del país de los ensueños. Procurar verle . . . ¿para qué?

Volvió la noche. La del 32 no oyó toser. Por varias tristes señales pudo convencerse de que en el 36 ya no dormía nadie. Estaba vacío como el 34.

En efecto; el enfermo del 36, sin recordar que el cambiar de postura sólo es cambiar de dolor, había huido de aquella fonda, en la cual había padecido tanto . . . como en las demás. A los pocos días dejaba también el pueblo. No paró hasta Panticosa, donde tuvo la última posada. No se sabe que jamás hubiera vuelto a acordarse de la tos del dúo.

La mujer vivió más: dos o tres años. Murió en un hospital, que prefirió a la fonda; murió entre Hermanas de la Caridad, que algo la consolaron en la hora terrible. La buena psicología nos hace conjeturar que alguna noche, en sus tristes insomnios, echó de menos el dúo de la tos; pero no sería en los últimos momentos, que son tan solemnes. O acaso sí.

What would he be like? Bah! Probably the same as all those other Russian princes from the land of daydreams! What would be the point of trying to meet him?

Night fell again. Room 32 heard no one cough. She could tell from various sad signs that no one was staying in room 36. It was as empty as room 34.

And so it was: forgetting that to change position is merely to change discomforts, the consumptive in room 36 had fled that particular hotel, where he had suffered so gravely, just as he had in all the others. A few days later, he left the town too. He didn't stop travelling until Panticosa, where he encountered his final hotel. It's not known if he ever recalled that duet for two coughs.

The woman lived on a little longer, two or three years. She died in a hospital, which she preferred to the hotel; she died among the Sisters of Charity, who were of some consolation when the fateful hour came. Psychology makes us wonder if, one night, unable to sleep, she ever thought wistfully of that duet for two coughs, but she wouldn't have done so in those final solemn moments. Or perhaps she would.

Acknowledgements

'El grito' by Karmele Jaio, © Karmele Jaio, 2019, is published by arrangement with the Ella Sher Literary Agency. Translation © Kit Maude, 2021.

'El regreso' by Carmen Laforet is from *La niña y otros relatos*, © Carmen Laforet, 1970, and the Heirs of Carmen Laforet. Translation © Margaret Jull Costa, 2021.

'La trastienda de los ojos' by Carmen Martín Gaite is from *Cuentos completos* (Anagrama, 1994), © the Heirs of Carmen Martín Gaite, 1955. Translation © Margaret Jull Costa, 2021.

'La nueva vida' by Cristina Fernández Cubas is from *Nona's Room*, © Cristina Fernández Cubas, 2015. Translation © Kathryn Phillips-Miles and Simon Deefholts, 2017, by arrangement with Peter Owen Publishers, UK, and Casanovas & Lynch Agencia Literaria S.L.

'Un sentido de camaradería' by Javier Marías is from *Mala índole* (DeBolsillo, 2014), © the Estate of Javier Marías, 2000. Translation originally published in *Threepenny Review*, 135 (Fall 2013). Translation © Margaret Jull Costa, 2021.

'Le lengua de las mariposas' by Manuel Rivas, originally written and published in Galician ('A lingua das bolboretas'), is from *Que me queres, amor?* (Editorial Galaxia, 1995), © Manuel Rivas. Translation originally published in *Butterfly's Tongue* (Vintage, 2011). Translation © Margaret Jull Costa, 2000.

'Orquesta de verano' by Esther Tusquets is from *Orquesta de verano y otros cuentos* (Plaza & Janés, 2002), © the Estate of Esther Tusquets, 1981. Translation originally published in *The Origins of Desire*, ed. Juan Antonio Masoliver (Serpent's Tail, 1993). Translation © Margaret Jull Costa, 1993.

'La presencia de Berta' by Medardo Fraile is from *Cuentos completos* (Páginas de Espuma, 2017), © the Estate of Medardo Fraile. Translation originally published in *Things Look Different in the Light* (Pushkin Press, 2014). Translation © Margaret Jull Costa, 2014.

'Volver' by Carme Riera is from *Contra l'amor en companyia i alters relats / Contra el amor en compañía y otros relatos*, © Carme Riera, 1991. Translation © Margaret Jull Costa, 2021.

'El dúo de la tos' by Leopoldo Alas is from *Cuentos morales* (Bruguera, 1982). Translation © Margaret Jull Costa, 2021.